ユーモアサスペンス

花嫁は三度ベルを鳴らす

赤川次郎

JOY NOVELS

実業之日本社

目次

カバーイラスト／いわがみ綾子
カバーデザイン／高柳雅人

花嫁は三度ベルを鳴らす

1　途上

「まさか……」

と、かすれた声が言った。こんな、旅の途上の遠い国で……」

そう言いかけて、声を詰まらせ、それ以上は続けられなかった。

「早紀《さき》ちゃん、ありがとう」

穏やかな深い男の声が言った。「仕方ないよ。これも運命だったんだ」

「でも……お姉さん……」

早紀はこらえ切れず、嗚咽《おえつ》を洩《も》らした。

「棺《ひつぎ》を下ろします」

と、神父が言った。

「待って」

と、早紀が一歩進み出て、「もう一度、顔が見たい」

「もう蓋をしてしまった。——無理だよ」

「ああ……」

ハンカチで顔を押える。

「下ろして下さい」

と、男が言った。

「耕一《こういち》さん、本当にいいの？」

と、早紀が訊《き》いた。「こんな異国の土地に埋葬するなんて」

「早紀ちゃん、君の気持は分るよ」

と、片瀬《かたせ》耕一は言った。「しかし、君も知ってるだろう。靖代《やすよ》はこの土地を愛していた」

「そうだけど……」

——東ヨーロッパの奥深い山の中。

トランシルバニアの山間《やまあい》の墓地である。

灰色に塗り込められたような場所だった。

崩れかけた古城。石の墓標が立ち並ぶその片隅で、今、片瀬耕一の妻、靖代の眠る棺が地中へ下ろされようとしていた。

空もどんよりと雲に覆われ、今が昼なのか夕刻なのかも定かでない。

棺を下ろすロープが、ギリギリと音をたてた。

——木の十字架が、墓標だった。

チリン、チリンと小さなベルが鳴った。

「それは?」

と、早紀がふしぎそうに、十字架に取り付けられた二つの小さなベルを見て言った。

「昔からの習慣でしてね」

と、神父が言った。「昔は医学が進んでいなかったので、重態の人間を死んだと勘違いして、生きているのに埋めてしまうことがあったというのです……」

「まあ、恐ろしい!」

「そこで、万一、棺の中で目覚めたときは、棺の中に取り付けたひも﹅を引くと、この十字架についているベルが鳴るのです」

「まあ……。そんなことがあったんですか?」

と、早紀は訊いた。

「私は聞いたことがありません」

と、小太りな神父は首を振って、「単なる風習ですよ」

掘られた穴の底に下ろされた棺からは、確かに一本の細い針金が地上の十字架へと伸びていた。

「では……」

棺の上に、ザッと音をたてて土がかぶさる。

――靖代の妹、早紀は思わず目をつぶってしまった。

片瀬耕一と靖代の夫妻と諸岡《もろおか》早紀は、東ヨーロッパをこのひと月ほど旅していた。

靖代が流産してしまい、すっかり落ち込んでいるので、体の回復を待ってヨーロッパへ旅に出たのである。

妹の早紀も一緒の方が、靖代にとっても気が楽だろうというので、同行することになった。大学の助教をしている早紀がドイツ語を話せることもあった。

しかし、靖代が前々から、

「一度は行きたい」

と言っていたルーマニアのトランシルバニアに入ったとき、靖代は急に体調を崩し、わずか数日で亡くなってしまったのである。

靖代はまだ三十二歳で、夫の片瀬耕一より十六歳も年下だった。耕一は四十八歳の実業家。

諸岡早紀は今、二十八歳だった。

「パオロ神父、色々とどうも」

片瀬は、神父と英語で話していた。早紀は英語とドイツ語ができるので、医者とのやりとりなどは早紀が通訳したのだ。

「お姉さん……。また来るわね」

と、涙で濡《ぬ》れた手で、早紀はそっと木の十字架に触れた……。

「いやだわ、こんな所」

と、娘が文句を言ったのも当然だろう。

夜中の墓地は恋を囁《ささや》くにはふさわしくない。

しかし、相手の若者としては、

「しようがないだろ。二人きりになれる場所なんか他にないし」

ということだった。

確かに、山間の小さな村のことで、二人でこっそり会うのは至難のわざ。

月夜なので、明りはないが暗闇というわけではなかった。

「もう……。じゃ、そこの草地で。——毛布を敷いてね」

「ああ、ちゃんと洗ったからきれいだよ」

抱えて来た毛布を広げて、二人は靴を脱いで横になった。

せっかちに娘の服を脱がそうとする若者を押し戻して、

「待って!　もっとやさしくしてよ」

と、文句をつける。

「分ってるけどさ……。もう待ち切れないよ」

「赤ちゃんができたらどうするの？　私、パパに殺されちゃう」

「用心するよ。だから——」

彼女の上にかぶさってキスすると、そう逆らう気もなく……。

「——今の、何？」

と、娘が体を起した。

「どうしたんだい？」

「何か聞こえなかった？　ベルの鳴るような……」

「まさか」

と、若者は笑って、「気のせいだよ」

「そうかしら……」

「そうさ。それとも、地下で死人がやきもちやいてるのかな」

「変なこと言わないで！」

若者が、娘の胸もとを開いて唇をつける。娘も目を閉じて、息を弾ませたが……。

そのとき——ベルの音が静かな墓地にけたたましく鳴り渡った。

「キャーッ！」

と、娘は悲鳴を上げて、飛び上った。

「逃げよう！」

「待って！　だめよ！」

と、娘が若者の腕をつかんだ。

「だめって、どうして？」

「聞こえなかったの？　今のベルの音」

「聞こえたさ。だから逃げようって――」

「あれがどういう意味か知ってるでしょ？　棺に入って、埋められた人が、まだ生きてるって訴えてるのよ！」

「だからって……」

「助けなきゃ！　見捨てて逃げるって言うの？」

そのとき、再びベルが鳴った。

「どの墓か見なきゃ！」

と、娘は駆けて行った。

「おい！　待ってくれよ！」

若者があわてて追いかける。

「ここだわ。まだ新しい」

と、娘が新しく土が盛ってある墓の前で足を止める。「ね、その辺にシャベル、ない？」

「え……。だって……ばれちまうぜ、俺たちのこと」

「あんた……。人の命とどっちが大事なの？」

「そりゃ分ってるけど……」

またベルが鳴った。

「ほら、急いで！　私たちのことなら大丈夫！　私がちゃんと話すから。結婚する、って言えば許してくれるわよ」

「分ったよ……」

若者は近くに転っていたシャベルを取って来て、土を掘り始めた。

若者は、娘がこんなに肝の据わった女だとは思ってもみなかった。

そして、必死で土を掘りながら、「こいつって頼りになる女だな。やっぱりこいつと結婚しよう」と考えていた。

「もっとしっかり掘って！」

その声は、すでに家を支える逞《たく》しい女房のものだった……。

2 タイミング

そういう瞬間は、「ふと」訪れるものである。

今まで話していた話題が途切れて、ちょっと沈黙したとき。――次に何を話そうか、と考えても、どっちも思い付かないとき。

今、塚川亜由美《つかがわあゆみ》と、谷山《たにやま》の間にも、そういう空白の「ふと」が訪れたのである。

いささか危くはあった。

ここが、いつもの亜由美の部屋だったり、二人きりしかいない、湖を見下ろす湖畔のベンチだったら良かったが。

そうではなく、大学の中の、谷山准教授の研究室だったのである。

研究室といっても、要するに谷山の個室なのだが、資料や本に埋れて埃《ほこり》っぽく、地震が来たら、膨大な量の本の雪崩《なだれ》によって圧死する可能性もあった。

それでも、この大学の学生である亜由美と准教授の谷山としては、普段なかなか忙しくて会えないという事情もあり――言い忘れたが、二人は一応恋人同士だった――こういう瞬間を利用しない手はない、というわけで、要するに古ぼけたソファに並んで座っていた二人はキスしたのである。

すると――正にそのタイミングを見はからったように、

「すみません、谷山先生――」

と、ドアが開いた。

もちろん二人はあわてて離れたが、

「すみません！」

と、ドアを開けた女性は真赤になって、ひたすら謝った。「ノックすれば良かったのに！すみません！」

「いや、いいですよ」

と、谷山は咳払《せきばら》いして、「何かご用ですか？」

用があるから来たのだろうが、谷山の方もそこへ考えが至らない。

「お願いがあって……。でも、出直して来ましょうか？」

　そう訊かれて、

「じゃ、そうして下さい。もう一度キスしてますから」

　とも言えないだろう。

「いや、大丈夫です。これは僕の——」

「恋人の塚川亜由美です」

　僕の学生の、と言われたら問題になる。先手を打って、「恋人」と宣言した。

「ああ！　あなたが」

　と、その女性は目を見開いて、「有名な塚川さんね」

　有名？　——そうだっけ？

　あまり理由は問わない方が良さそうだ。


「同じ准教授の諸岡早紀さんだよ」

　と、谷山は紹介した。「それで、諸岡さん……」

「お願いがあって」

　と、くり返して、「来月のドイツ語の講義を替っていただきたいんです。週に二コマですが、他にお願いできる人がいなくて」

「ああ。何曜日でしたかね？」

　二人はスケジュールを突き合せて、

「——大丈夫、引き受けますよ」

「よろしくお願いします！」

「諸岡先生、どこかへお出かけですか？」

「は……。あの……ハネムーンに」

　と、照れて赤くなっている。

「おめでとうございます」

と言ったのは、亜由美だった。

「それは良かった」

と、谷山は微笑《ほほえ》んで、「ハネムーンはドイツですか」

「たぶん……。ただ、ルーマニアに寄ってくるつもりです」

「ああ、確か……」

と言いかけて、谷山が口ごもる。

「ええ、姉の墓がトランシルバニアにあるので」

「ドラキュラの？」

つい、亜由美が言った。「すみません！　ドラキュラの舞台、ということぐらいしか知らないので」

「いえ、本当にそんな森の奥なんですよ」

と、諸岡早紀は言った。

「確か旅先で亡くなったんですね」

と、谷山が言った。

「そうなんです。もう二年たちますわ」

と、早紀は言った。「一度もお墓に行っていないし、ハネムーンのときに行こうと」

「で、結婚のお相手は？　この大学の人間ですか？」

と、谷山は訊いた。

「いえ……」

早紀はちょっと目を伏せて、「姉の夫だった、片瀬という人です」

「――なるほど」

微妙な間があった。

「ずいぶん迷ったんです」

と、早紀は亜由美たちには係《かかわ》りのないことなのに、自分から口を開いた。「まだ姉の死から二年しか……。もう二年だと言われればそうですが。何だか、姉を裏切るような気がして」

亜由美としては何も言えないが、早紀も何か言ってもらうことを期待してはいないようで、

「すみません、こんなことを」

「いや、構いませんよ」

と、谷山は言った。「で、何日から出かけられるんですか?」

「来月――十一月の一日に式を挙げて、もちろん、内輪だけですけど。次の二日から三週間ほど行ってきます」

「分りました。ゆっくり行って来て下さい。講義がどこまで進んだか――」

「はい。月末にお知らせに来ますわ。お忙しいでしょうに、すみません」

「いや、それぐらいのこと。大丈夫です」

「では、よろしく」

早紀は亜由美の方へ、「お邪魔してごめんなさいね」

と言って、出て行った。

「――先生」

と、亜由美は谷山のそばへ寄って、「何か変よ。あの諸岡早紀って人に気があるの?」

「まさか！　同じドイツ文学だし、一緒になる機会は多いがね」

「でも……今聞いてると、何だかドラマチックなことがあったみたいね」

「僕も詳しいことは知らないが」

と、谷山は、片瀬耕一と、早紀の姉、靖代夫婦が旅に出て、その旅先のトランシルバニアで靖代が病死したという話をした。

「突然だったの？」

「そうらしい。旅には今の早紀さんも同行していたんだ。具合が悪くなっても、何しろ田舎《いなか》の町で、大きな病院に連れて行く間もなく亡くなったと聞いたよ」

「それで、そこに埋葬したってわけ？」

「早紀さんは、せめてお骨《こつ》にして日本に持って帰ろうと言ったそうだが、靖代さんがトランシルバニアにずっと憧れていたこともあって、そこに埋葬しようとご主人が決めたということだった」

「ふーん……」

と、亜由美は考え込んだ。

「何か気になるのか？」

「話の様子からすると、片瀬って人、大分年上？」

「うん、たぶん……もう五十近いんじゃないかな」

「五十？　今の早紀さんって……」

「たぶん三十ちょうどくらいだろう」

「二十歳違いね。今はそう珍しくないけど。──じゃ、亡くなった靖代さんもまだ若かったのね」

と、亜由美は言った。

「そうだな。確か、早紀さんと四、五歳違いだったと思うよ」

「ともかく」

と、亜由美は肩をすくめて、「先生はますます忙しくなるわけね」

「おい、そんな愛想をつかすようなこと言わないでくれよ……」

谷山は情ない顔で言った。

その日、亜由美は高校時代の友人とコンサートに行って、その後食事をしたので、帰りの電車に乗ったのは、夜、十一時を過ぎていた。

食事のときにワインも飲んだので、少し酔っていて、空いた車両の席に座って、ウトウトしていた。

まだ大分あるわね……。

大分といっても、駅二つでしかないのだが──。

そのとき、亜由美のすぐ隣に座った男性がいた。

あちこち空いているのに、亜由美のすぐそばに寄り添うように座ったので、亜由美はちょっと警戒した。

こいつ、痴漢かしら?

確かに、見た目も怪しかった。コートを着て、襟を立て、顔を半ば埋《うず》めている。そして、マスクをし、帽子もかぶって、ほとんど顔が見えない。

もし、触って来たら、かみついてやろう、と思っていると……。

「塚川亜由美さんですね」

と、その男が言ったのである。

「――え?」

面食らっていると、男は続けて、

「怪しい者ではありません。黙って聞いて下さい」

と言った。

「あなた――」

「黙って。話を聞いてくれればいいんです」

「はあ……」

「今日、諸岡早紀さんに会いましたね」

「それが……」

「彼女の姉、靖代さんは、ルーマニアで亡くなりました」

「ええ、聞きました」

「靖代さんは病死ではない。殺されたのです」

「は?」

「やったのは夫、片瀬耕一です。片瀬は実業家と名のっていますが、実際は危い商売に手を出しています」

「はあ……」

「諸岡靖代さんは、親戚の伯父《おじ》からいくつもの山を相続していました。当人は、どれくらいの価値かよく分っていなかったのですが、何十億かになるはずです」

「何十億?」

思わず亜由美は言った。

「片瀬は、妻を遺産目当てに殺したのです。そして、検死もしないまま、ルーマニアの山奥に埋葬してしまいました」

「あなたは……」

「聞いて下さい。今、妹の早紀さんが狙われています」

「え?」

「早紀さんは、片瀬の見かけのやさしさに騙《だま》されているのです。実は早紀さんも、姉とは別に山を相続しています。片瀬はそれを手に入れたいのです」

「じゃ、結婚というのは——」

「早紀さんも、ルーマニアの山奥の村で、何らかの手段で殺されようとしています。ハネムーンの途中で何が起るか、分りません」

「でも——」

「お願いがあります」

と、男は言った。「早紀さんを守ってあげて下さい」

亜由美は啞然《あぜん》とした。

「そんなこと——」

「お願いです。早紀さんの命がかかっているのです」

「じゃ、あなたが行けば……」

「それはできません」

「私だって、そんな所まで。大体、お二人について歩く理由がありません」

「そこは何とか考えて下さい」

「そんな無責任なこと」

「塚川さんは、いつも正義のために闘って来られたと聞いています。人の命がかかっているんです。お願いします」

電車が駅に着いた。扉が開くと、男は、

「お願いします！」

と、くり返して、駆け出すように降りて行った。

「ちょっと！」

と、亜由美が言ったときには、もう扉が閉ろうとしていた。

亜由美が降りるのは次の駅。

電車が動き出し、亜由美はホームに今の男を見付けようとしたが、もう男の姿はなかった。

「――何なのよ」

と呟《つぶや》く。

縁もゆかりもない人のために、ルーマニアまで行けって？　冗談じゃない！

大体旅費はどうするの？　それに、片瀬という男が、万一本当に殺人者だとしたら、亜由美がついて歩くのを良く思わないだろう。

もしかしたら、亜由美が殺されるかもしれない。

「知らないわ」

と、口に出して言ったものの……。

「人の命がかかっているんです」

と、あの男は言った。

その口調は真剣だった。片瀬という男の犯行が事実かどうかはともかく、あの男がそう信じているのは確かだろう。

「本当にもう……」

私は刑事でも私立探偵でもないのよ！

嘆きながら、亜由美は殿永《とのなが》部長刑事に、今の相続の話が本当かどうか、調べてもらおうなどと考えているのだった。

――亜由美は、危うく次の駅で降りそこなうところだった。

3　旅

「ルーマニア？」

と、母の清美《きよみ》は声を上げた。

「そうびっくりしないでよ」

と、亜由美が言った。「別に行くと言ってるんじゃないよ。もし行くとしたら、って言ってるの」

「同じようなもんでしょ」

夕食の席で、亜由美は切り出してみたのである。

「ルーマニアに行く旅費、出してくれる?」

「自分で出しなさい」

と、つれない返事。

「学生の私に、ヨーロッパまで行くお金が出せるわけないでしょ」

と、言い返しつつ、「ご飯、おかわり」

「そんなに食べて、お金が残るわけないじゃないの」

と、清美が、ご飯をよそいつつ言った。

「ルーマニアへ何しに行くんだ?」

と、父、塚川貞夫《さだお》が訊いた、「ドラキュラでもナンパしに行くのか」

さすがに親子で、考えることのレベルがよく似ている。


「人助けよ」

と、亜由美は言った。

あの、電車の中で話しかけて来た男の言ったことを、すべて信じているわけではないが、念のため、殿永に頼んで片瀬耕一のことを調べてもらったのだ……。

「──まあ、表面上は確かに真面目《まじめ》に仕事をしている実業家ですね」

と、殿永は喫茶店で亜由美に言った。

「殿永さん、その言い方、ちょっと引っかかりますけど」

「そうですか?」

「殿永さんの考えてることなら、手に取るように分ります」

と、亜由美は言った。

「では、話の続きのために、チーズケーキをおごって下さい」

「そこまでは分らなかったわ。――学生におごらせるんですか？」

「刑事は安月給でしてね」

「分りました」

亜由美はチーズケーキを二つ注文した。

「ただ、色々調べると、気になるところも出て来ました。経営に係った企業が何度か危くなったのですが、その都度、どこかからお金が入っている。一度は確かに二年前の、靖代さんの遺産の山林でした」

「じゃ、やっぱり……」

「しかし、犯罪を立証できるものはありません」

「話した通り、妹の早紀さんが片瀬と結婚するんですよ。本当に早紀さんまで狙われているとしたら……」

「ご心配ですね」

「ルーマニアまでの旅費、警察から出ません？」

「出ません」

「そうですよね……」

と、亜由美は肩をすくめて、「今回も私一人が犠牲になればいいんですね。いつも私は損をするようにできてるんだわ」

「気を付けてください、としか私としては言えません」

「ご親切に」

と、嫌みを言ったが、殿永は、

「万一のときは――」

「ルーマニアの警察に知り合いでも?」

「いません。しかし、万一のときは、お香典は経費から出します」

こういうことを言えば、たぶん亜由美がむきになって、何としてもルーマニアへ出かけて行くと思っていたのだろう。

でも、もちろん亜由美にはそこまでやる義理はないのだ。

しかし、そうなると放っておけないという気持になるのが亜由美である。


そこへ、玄関のチャイムが鳴って、亜由美が出て行くと、

「速達です」

「どうも。――何だろ?」

食卓に戻ったが、「差出人の名前が書いてない」

「怪しい手紙?」

「怪しいったって……。手紙だけじゃなさそうね」

封を切って、逆さにすると――さらに小さな封筒が。

中を見て、亜由美は目を疑った。

「これ――航空券だ。ルーマニアまでの」

「まあ、誰が?」

「知らないよ」

――亜由美は入っていたメモらしいものを広げた。そこにはパソコンで打った文字で、

「塚川亜由美さん、神田聡子《かんださとこ》さん、並びにドン・ファンさんの航空券です」

とあった。

「絶対いやだ！」

と、当然のことながら、神田聡子は拒否した。

「聡子……。まあ気持は分るけど」

亜由美だって、そう気が進むわけではないので、説得力がない。

「どうしてルーマニアまで行かなきゃならないの？　大体、ルーマニア語、分るの？」

「分るわけないでしょ」

「英語だってろくに話せないんだよ。もし行ったとして、何ができるの？」

「そう言わないでよ」

亜由美は渋い顔で、「このランチ、おごるからさ」

「ランチったって学食のランチじゃない。高級フレンチのランチぐらいおごんなさい」

「どうしてそういうことになるの？」

「そんな馬鹿げたことに付合せようとするからよ」

「あのね――」

二人して学食でやり合っていると、午後の講義が始まるチャイムが鳴った。

「あ、まだ食べ終ってない！」

と、亜由美が言った。

「亜由美が変な話するからだよ」

「変な話じゃないでしょ！　真面目な話よ！」

と言い返して、「——ともかく、ランチ食べよう。講義はサボってもいいから」

模範的大学生と言うべきだろう。

食べ終ったときは、学食が当然のことながらガラ空《す》きになっていた。

「——でも誰がルーマニア行きの航空券を送って来たんだろう？」

今さら遅れて講義に出る気もなく、二人はのんびりと食後のコーヒーを飲んでいた。

亜由美がふしぎそうに言って、

「エコノミーだって、一応ヨーロッパだよ。往復何十万円かするのに」

「しかも、ドン・ファンも、って……」

「そうだよね」

と、亜由美は肯《うなず》いて、「送って来た人間は、私たち三人組のことをよく知っている、ってわけね」

「三人組じゃない！」

と、聡子が抗議した。「私はいつも無理やり巻き込まれるだけ！」

「それは私だって同じよ」

「そう？　いつも面白がってるじゃない」

「命がけよ。少しは楽しいと思わなかったらやってらんないよ」

そして二人はため息をついた。

「――で、もう一人は？　何て言ってるの？」

と、聡子が訊く。

「ドン・ファンのこと？　何も言うわけないでしょ」

「だけど、一応ご指名のわけだし」

「でもね……。これでもし、本当に早紀さんの身に何かあったら、きっと後悔する」

「私、しない。知らないもん」

「冷たいのね」

「自分の命が大切なだけ」

すると、そこへ――。

「あら、塚川さん」

何と、当の諸岡早紀がやって来たのである。

「ああ……。どうも」

亜由美はあわてて言った。「あの――これ友人の神田聡子です」

「まあ、あなたが」

と、早紀はニッコリ笑って、「旅行中は何かとよろしくお願いしますね」

亜由美は、ちょっと当惑して、

「それって……何のお話です？」

「一緒にルーマニアへ行くんでしょ？」

と、早紀がけげんな顔で、「そう聞いたけど」

「あ……。ええ、何だかそんなことに……。でも、お二人の邪魔をしても何ですから、ご遠慮しようかって、聡子と話してたところなんです」

と、亜由美が言って、聡子も肯いたが、

「そんなこと、心配しなくていいのよ。ずっと一緒ってわけじゃないし。片瀬さんは、仕事の用があって、途中、プラハやワルシャワに寄ることになってるの。私はその間に、トランシルバニアで、姉のお墓に——。でも、あなたがそんなにトランシルバニアに関心があったなんて、偶然ね」

「そう……ですね。でも、諸岡先生」

「早紀と呼んでよ。これでも若いつもりなんだから」

「あの——早紀さん。関心はあっても、私たち、ルーマニア語はできないし、きっとご迷惑をおかけすると思うんですよね」

早紀はちょっと笑って、

「私だって、ルーマニア語はできないわ。ドイツ語で、かなり通用するけどね」

二人にとっては同じことである。

「心配いらないわよ。ちゃんとルーマニア語のできるツアーコンダクターが一緒だから」

亜由美は目を丸くして、

「そんな人がいるんですか?」

「ええ。たまたま新人の旅行社の人で、ルーマニアと日本人のハーフなの。——今日ね、ここで打ち合せることになってるのよ。そろそろ来ると思うけど」

と、早紀が腕時計を見た。

すると、

「諸岡先生でいらっしゃいますか？」

と、いつの間にか三人のテーブルの近くに立っていた男性……。

「私です」

「お待たせして申し訳ありません。〈N旅行社〉の邦光《くにみつ》と申します」

きれいな日本語を話すのがふしぎに思える青年だった。見たところは全くヨーロッパの感じで、スラリと長身。そして彫りの深い、正にギリシャ彫刻のような顔立ち。

早紀が、亜由美たちを紹介して、

「私たちと一緒に行く予定なんだけど……。ただ、二人ともまだちょっと決めかねているとか、今話していたところなの」

と言ったのだが、

「いえ！　やはり貴重な機会ですし、ぜひご一緒したいと思います！」

と、力強く宣言したのは、何と聡子の方だった。

「聡子、あんた……」

もちろん、この美形のツアーコンダクターを一目見て、気が変ってしまったに違いない。

「亜由美は無理しなくてもいいのよ」

とまで言い出した。

「もちろん、行くわよ！　塚川亜由美です！」

と、立ち上って一礼する。

「邦光透《とおる》といいます」

と、二人へ名刺を渡して、「僕も仕事でルーマニアへ行けるのはとても嬉《うれ》しいんです。どうぞよろしく」

と言って、ニッコリ笑ったのである……。

「ワン」

と、ドン・ファンは言った。

「谷山先生を裏切るつもりか、って言ってるわよ」

と、清美が言った。

「ドン・ファンがそんなこと言うわけないでしょ」

と、亜由美は苦笑した。「それに、あのツアコンに夢中なのは聡子の方。私は別に……」

まあ、確かにすてきな青年ではあるが。


「――じゃ、ともかくアルジェリアに行くのね」

「ルーマニア！　東ヨーロッパだよ」

夕食のとき、亜由美は昼間の出来事を話したのである。

「ま、吸血鬼に襲われないように用心しろ」

と、父、塚川貞夫が言った。

「大丈夫よ」

と、清美がご飯をよそいながら、「吸血鬼が襲うのは美女と決ってるわ」

「全くもう……」

こんなに我が子をこき下ろす趣味の母親がいるかね？

「しかし、航空券を送って来たのが誰なのか、分らんのだろう?」

と、貞夫が言った。

「そこは気になるけどね。あの電車の中で、早紀さんを守ってくれと言った男性じゃないかしら。でも、どこの誰か分らない」

もちろん、片瀬耕一と早紀のハネムーンについて歩いても、果してどれだけ役に立つか疑問ではある。

しかし、万一、片瀬が早紀を狙っているとしても、亜由美たちが一緒なら、警戒して、ためらうことだろう。

その点では、一緒に行く意味はあるのかもしれない。

そして、ヨーロッパに入ったら、片瀬耕一が別行動を取るというから、早紀の姉、靖代の死について調べることができるかも。といっても、二年前に埋葬されているのでは……。

「あ……」

亜由美のケータイが鳴っていた。

はしを置いて、居間のテーブルからケータイを取り上げる。

「――もしもし?」

「引き受けて下さってありがとう」

あの電車の男だ!

「あなたなんですね、航空券を送って来たの」

「ファーストクラスにできなくてすみません」

「そんなことといいですけど。どうして私たちのことを――」

「ご自分で思っておられるより、ずっと有名なんですよ、あなた方は」

喜んでいいのやら……。

「ともかく、成り行きで早紀さんたちに同行することになりました。あなたはどういう立場の方なんですか?」

「今はお話しできません。どうか早紀さんをよろしく」

もしかすると、早紀をひそかに想い続けでもいるのだろうか?　亜由美としては、

「できるだけのことはします」

と言うしかない。

「そう言っていただけると安心です」

「でも、私も聡子も普通の女子大生ですよ。あまり期待されても困ります」

「承知しています。しかし、きっと大丈夫です。あなたが早紀さんを救って下さると信じています」

私は「救世主」か?

「でも、あなたに連絡したいときは?　これって公衆電話ですね」

「私の方から連絡します」

「でも、緊急の場合もあるでしょう?　せめてケータイの番号ぐらい教えて下さいよ」

「いや、塚川亜由美さんが、どんな危険な局面も、きっと乗り切って下さると思っています」

「私のこと、買いかぶってません?」

「信頼しているんです」

亜由美は疲れて息をついた。

「分りました。では、せめて旅行中、毎晩ホテルの部屋へ入るころに電話して下さい」

と、亜由美は言った。

「承知しました。——よい旅を！」

とは呑気《のんき》なものである。

4　森深く

山道はどこまでも続いた。

昼なお暗い、という言い方があるが、ここは本当にその通りだ。

亜由美たちを乗せたマイクロバスは、山の中腹に貼りつくように続く道を、くねくねと曲りながら辿《たど》っていた。

「凄《すご》いね」

としか聡子が言わなかったのも、単に語彙が乏しいせいとばかり言えなかった。

「ワン」

と、ドン・ファンも、いつもと同じように鳴いた（当り前だが）。

「思い出すわ」

と、早紀が言った。「二年前、やっぱりこの道を辿ってトランシルバニアに入って行った……」

――マイクロバスに乗っているのは、亜由美たち三人と、早紀、そしてツアーコンダクターの邦光透。

片瀬耕一は、ブカレストから他の飛行機を乗り継いでベルリンに向っていた。

「ルーマニアには何度か来ていますが、こんなに山奥へ来たのは初めてです」

と、邦光が窓の外の風景を熱心に見ながら言った。

亜由美は欠伸《あくび》をして、

「ああ……。眠くなっちゃう」

「飛行機で眠れませんでしたか？」

と、邦光が訊いた。

「いえ、寝過ぎちゃって……」

亜由美の言葉に、聡子が、

「本当、よく寝てたよ」

「うるさい」

――ファーストクラスでこそなかったが、成田《なりた》に着いてみると、亜由美たちの席はビジネスクラスに変えられていた。

片瀬耕一が、

「一緒に旅するのに、別々では」

と言って、変更してくれたのだ。

おかげで、亜由美はいつもの家での睡眠以上に快適な十時間余りを過したのだった。

――確かに、もし片瀬耕一が本当に妻を殺したのだとしたら、有能な（というのも妙だが）殺人者に違いない。

ともかく紳士で、人当りが良く、やさしい。新しい妻、早紀に対してだけでなく、亜由美たちにも気をつかい、邦光にも決して見下したような言い方をしないのである。

本来なら、早紀とのハネムーンに、大学生がついて来るなど、いやがるのが普通だろう。しかし、早紀も、亜由美たちのことを「谷山先生に頼まれた」と信じているようで、むしろ話し相手ができて安心なようだし、片瀬も早紀の気持がほぐれて喜んでいると言っていた。

心配があるとすれば、片瀬耕一の、そのあまりの人の好《よ》さである。

それが果して本音なのかどうか。むしろ、何か企《たくら》みがあっての仮面だとも思える。

だとすると……。

亜由美はケータイを取り出して、日本の殿永に、〈片瀬耕一が何の用でベルリンに寄っているか、分りませんか?〉とメールを送った。

「こんな山の中でも、しっかりケータイが使えるって凄い」

聡子は何でも「凄い!」と感心している。

「ドラキュラもケータイは持ってませんでしたね」

と、邦光が言った。

「まあね……」

ドラキュラはともかく、人間の「吸血鬼」の方がずっとリアルで、怖い。

「もうじき、村に入ります」

と、早紀が言った。「湖が見えると、すぐだったと……」

マイクロバスが、それから二つ大きなカーブを曲ると、山間《やまあい》の湖が見えて来た。

しかし、昼間だというのに、山が深く、日の光が射《さ》し込まないせいで、湖は黒い水のように見えた。


「——何だか無気味ね」

と、聡子が言った。

亜由美も同感だった。

とんでもない所に来た、という気がした……。

それでも、村への入口まで来ると、明るく日射しが入って、人の姿もあり、亜由美たちもホッとした。

「やあ、懐しい感じだな」

と、邦光が嬉しそうに言った。

「村の中央に広場があって」

と、早紀が言った。「そこに面してホテルが……」

村の中央といっても、ほんの数百メートル。水の出ていない噴水と池のある広場は、テントを張った市場のようになっていた。人出もある。

「結構にぎやかじゃない」

と、聡子も安堵《あんど》した様子。

「ワン」

と、ドン・ファンもホッとして（?）鳴いた。

「あら」

車がホテルの前に着くと、早紀がびっくりした様子で、「改装したんだわ。きれいになってる」

建物はいかにも古いが、正面玄関は真新しい作りで、ガラス扉にホテル名が入っていた。読めなかったが。

車を降りると、扉が開いて、若い女性が民族衣装らしい格好で現われると、

「いらっしゃいませ」

と、日本語で言った。

「まあ、驚いた!」

早紀が目を丸くして、「以前は、お年寄のご夫婦が、確か……」

その女性も、「いらっしゃいませ」以外は日本語ができないようだったが、邦光が話しかけると嬉しそうに話しをした。

「一年ほど前に、このホテルを引き継いだそうです」

と、邦光が通訳した。「今はご主人と二人で経営していると。彼女はマリー、ご主人はロッコというそうです」

「ずいぶんお若いのね」

と、亜由美が言った。

「二人とも二十歳だそうですよ」

「まあ、若いはずね」

と、早紀が言った。

ロビーも手を入れたようで、明るく、カラフルになっていた。

「見違えるようだわ」

と、早紀が中を見渡して言った。

夫が出て来て、一行の荷物を運び込んだ。

邦光と早紀がフロントでチェックインの手続をする。

亜由美たちはどうせ言葉もできないので、その間、ロビーで待っていた。

「なかなかいい雰囲気じゃないの」

聡子はいやに上機嫌である。

「聡子。浮かれないでよ」

と、亜由美は小声で言った。「私たちには、目的があるんだからね」

「分ってるわよ」

「ワン」

と、ドン・ファンも言った。

「——今、邦光さんがルームキーを受け取ってくれるわ」

と、早紀がやって来た。

そして息をつくと
「何だか……あれが二年前のことだなんて思えない」

と、改めて言った。「時間があるから、私、姉の墓へ行って来るわ」

「そうですか。じゃ……」

と、亜由美が言いかけると、早紀は、

「あなた方は、邦光さんとこの村を見て回るといいわ。暗くなるのが早いから」

「じゃ、そうしよう」

と、聡子が言うと、亜由美は聡子の腕をつねった。

「痛い！」

「早紀さん。私たちもお墓にご一緒させて下さい。やっぱりちゃんと手を合せておきたいので」

と、亜由美は言った。「ね、聡子？」

亜由美ににらまれて、聡子は渋々、

「そうよ……ね」

「クゥーン……」

ドン・ファンはどっちでもいいようだった。

「そう？　ありがとう。本当は、ちょっと寂しい所だから、一人だと心細かったの」

と、早紀は言った。「じゃ、一旦部屋へ入って、荷物を開けましょう。二十分後にここで待ち合わせることで」

「分りました」

「日が落ちると寒くなるから、ちゃんとはおるものを持ってね」

そこへ、邦光がルームキーを持って来た。

早紀の話を聞いて、

「分りました。もちろん僕もご一緒しますよ。

場所も憶《おぼ》えておかないと」

と言ったので、聡子も安堵した様子だった……。

二十分後、ホテルを出た一行は、早紀の記憶を頼りに墓地へと向った。

ほんの数分歩いただけで、道の左右に人家はなくなり、早くも森の中の道になる。

少し緩い上りが続き、墓地がやや高台にあることが分った。

「——こんな所だったっけ」

と、歩きながら、早紀が言った。「あのときは、ただもう悲しくて、周囲を見回す余裕なんかなかったわ……」

古びた教会が目に入った。

「あそこの神父さんが立ち会って下さったの」

と、早紀は言った。「確かパオロ神父さんだったわ」

石を積み上げた作りの教会には人気《ひとけ》がなかった。

「——今は使われてないようですね」

と、邦光が言った。「周囲も雑草が……」

教会が、伸び放題の雑草に埋れているのだ。

「本当ね。どうしたのかしら」

と、早紀は首をかしげた。

「今、こっちでも聖職者が不足して、閉める教会もあるようですよ」

と、邦光が言った。

「まあ……。それじゃ、お墓もどうなってるかしら」

雑草をかき分けるようにして、教会の裏手に回ると、低い柵が目に入った。

「あそこだわ」

――墓標の立ち並ぶ墓地というより、広い空地に、思い思いに十字架が立っている感じだった。

「どの辺だったかしら……。たぶん、もっと奥の方……」

木や茂みが方々にあって、おそらく二年の間に様子も変っているだろう。

「石のお墓を作ることができなくて、硬い木の十字架にしたの。――あの辺かしら。きっとそうだわ」

思い出したように、足取りを速める。

そして足を止めた。

「これ?」

と、呟くように、「こんなになってるなんて……」

十字架は傾いて、今にも倒れてしまいそうだ。

「直しましょう」

邦光が十字架を真直《まっす》ぐにして、「もっとしっかり根元を固定しないと」

「そうね。――でも、これだわ」

早紀は、十字架に彫られた〈YASUYO〉の文字を指でなぞった。

「このままじゃ……。明日にでも、シャベルを借りて、ちゃんと立てますよ」

と、邦光が言った。

「ありがとう」

「でも差し当りはもう少ししっかり……」

と、邦光が十字架を固定しようとすると、ベルが鳴った。

「それ、何ですか?」

と、亜由美が訊いた。「十字架に取り付けてあるんですね」

「これね」

早紀は、二年前に神父から聞いた話をした。

「——棺の中で目が覚めたら怖いですね!」

と、聡子がゾッとしたように首をすぼめて、

「生きたまま埋められるなんて、最悪!」

「もちろん、そんなことはないのよ」

と、早紀は言った。「ただ、習慣として残ってるんですって」

「でなきゃ大変ですね」

と、亜由美が言った。「さ、合掌しましょう。——お花を持って、明日また来ましょうね」

「本当だ。何も持って来なかった」

と、聡子が言った。

しかし、早紀は二人の言葉が耳に入っていない様子で、十字架の前に片膝をついて、

「お姉さん……。ごめんなさいね。ずっと来られなくて」

と、やさしく語りかけた。「寂しかったでしょ。もっともっと来たかったけど、なかなか

……」

亜由美と聡子が手を合せている間、邦光は少し離れて立っていた。そして……。

「ドン・ファン、どうしたの？」

と、亜由美が言った。

ドン・ファンが墓の土を前肢《まえあし》で掘り始めたのだ。

「だめよ！　そんなこと」

と、亜由美が言ったが、ドン・ファンはやめずに掘っている。「ちょっと！」

亜由美がドン・ファンを抱え上げて、どかせる。

「亜由美、何か土の中に……」

「え？」

かがみ込んでみると、確かに、ドン・ファンが掘ったところに何か白いものが覗《のぞ》いている。

亜由美は、つまんで引張った。

泥で汚れているが、それは、スカーフらしかった。

「――良かったわ、来られて」

と、早紀が立ち上って、ハンカチで涙を拭った。

「早紀さん、これ、見憶えがあります？」

と、亜由美はそのスカーフを差し出した。

「これ……。どこに？」

「今、ドン・ファンがここを掘って……」

土を払い落として、広げてみると、早紀の顔がサッと青ざめた。

「――まさか！」

声が震えた。

「早紀さん――」

「これは姉のスカーフだわ！　隅の所にバラの絵が。――色は落ちてるけど、バラだって分る」

早紀は呆然《ぼうぜん》として、「でも――どうして？　これ、棺の中へ入れて、埋めたのよ。そう、姉の首に巻いてあげたんだわ。寒そうだったから」

「棺の中から出て来るなんてこと……」

「あり得ないわよ」

と、聡子が言った。

そのとき、ベルが鳴って、みんなびっくりして飛び上りそうになった。

「ドン・ファン！　驚かせないでよ！」

ドン・ファンが、十字架に取り付けたベルにじゃれていたのだ。

「でも……おかしいわ」

と、早紀が言った。「このベルを鳴らすために、針金が地面の中に続いてるはずよ。そして棺の中まで」

しかし、十字架に付けたベルの針金は、地面の少し上辺りで切れている。

「自然に切れたんですかね」

と、亜由美は言った。「錆《さ》びてますもの、ほら」

「そうね……」

早紀は呟くように言った。

「もう暗くなって来ますよ」

と、邦光が言った。「ホテルへ戻った方が」

「ええ。──そうしましょう」

早紀は気を取り直したように言った。

黄昏《たそがれ》の空気が、ひんやりと墓地に流れ込み始めていた……。

5 足どり

ホテルでの食事は、意外においしかった。

意外に、と言うのは失礼かもしれないが、何しろ、どんな味の料理が出てくるのか、見当がつかなかったからだ。

「──味つけが濃いや」

と、聡子が食べながら、「でも、おいしい」

「良かった」

と、同じテーブルを囲んでいる邦光が言った。

メニューもルーマニア語で、邦光抜きでは歯が立たなかった。

亜由美は、早紀があまり話をせずに、黙々と食べ、ワインを飲んでいるのを、ちょっと不安な思いで見ていた。

どうも、いやな予感がする。これまで色々事件に係って来た者の直感だ。

メインのシチュー風の肉料理が終ると、

「塚川さん」

と、早紀が言った。

「はい、何か?」

ちょっと身構えながら、亜由美は言った。

「亜由美さんと呼んでいい? お友達のつもりでね」

「もちろん、どうぞ」

「私――谷山先生がどういうつもりであなた方を一緒に来させたのか、本当のことは分らないけど、でも、聞いてはいるの。あなたたちが、これまで『探偵役』として、色々事件に係って来たこと」

やっぱりね。こういうことになると思った。

いや、もともとこの旅の謎のスポンサーは、亜由美たちをそのために送り込んだのだ。

「それって、つまり……」

「調べてもらえないかしら、姉の死について」

早紀がじっと亜由美を見つめる。――断るわけにいかないことは、百も承知だ。しかし――。

「早紀さん。それって、場合によっては、片瀬さん、いえ、ご主人に疑いがかかることもあるって、分ってます?」

「ええ」

と、早紀は肯いた。「どういう結果になっても、私は真実が知りたいの」

亜由美は深々と息をついて、

「——分りました」

と肯いた。「できる限りのことはします」

「ありがとう!」

早紀が、亜由美の手を握った。テーブルの下で、

「クゥーン」

と、ドン・ファンが鳴いた。

「助手のドン・ファンも承知したと言ってます」

亜由美の言葉に、早紀はホッとしたように笑った。コーヒーを飲みながら、

「——あの、棺の中にあったはずのスカーフが、土から出て来たって、ふしぎですね」

と、亜由美は言った。

「そうなの。それと、あのベルが……」

「でも、まさか……」

と、聡子が言った。「あれが鳴ったなんてこと……」

「もしかすると……必要かもしれませんね」

と、亜由美が言った。

「ワン」

「何のこと?」

と、聡子が訊く。

「分るでしょ」

「でもそんなこと……」

「確かめるためには、お墓を掘って、棺の中を見るしかない。──でしょ？」

亜由美の言葉に、聞いていた邦光が目を丸くして、

「凄いこと考えるんだね！」

「だって、他に方法がある？　もちろん、そんなこと、勝手にやっていいものかどうか分らないけど」

「こんな山の中の村ですもの」

と、早紀が言った。「誰にも分らないでしょう」

「でも……」


聡子はちょっとこわばった顔で、「よく映画でやるようなこと、するわけ？　夜中にこっそり墓を掘り返して……」

「大丈夫よ。吸血鬼は出て来ないわ」

亜由美の言葉に、聡子は却《かえ》って青くなった。

「邦光さん」

と、早紀が話しかける。「万一、罪に問われたときのために、あなたは手を出さないでちょうだい。ただ、誰にも言わずにいてくれたら嬉しいんだけど」

邦光は、少しの間黙っていたが、やがて空になったグラスに赤ワインを注《つ》ぐと、

「これを飲み干すまで待ってください」

と言って、グラスを手に取った。

そして、正に一気に飲み干したのである。

「フーッ」

と、息をつくと、「度胸がつきました！　一緒にやらせて下さい」

「でも――」

「男の力が必要ですよ。土を掘るのは重労働です」

早紀は微笑んで、

「ありがとう！」

と言った。

明日、早速邦光が「作戦実行」のための道具を買い揃《そろ》えることにして、とりあえずこの夜は眠ることにした。


亜由美と聡子は、もちろんツインルームで一緒。ドン・ファンもソファで眠ることになった。

「でも、やっぱり怖い」

と、ベッドに入って聡子が言った。「ちゃんと棺の中に遺体があったら？　あんまり見たくない」

「仕方ないでしょ。私たちの使命よ」

と、亜由美は言った。

「来るんじゃなかった……。怖くて眠れない……」

と言っている内、聡子は軽くいびきをかき始めて、

「呆《あき》れた」

と、亜由美は苦笑した。

そして、亜由美も眠ろうとすると――。ケータイが鳴った。

殿永からだ。

「もしもし、殿永さん?」

「やあ、今、大丈夫ですか? 時差を計算しようとしたんですが、よく分らなくて」

「大丈夫です。ちゃんと聞こえてますよ」

と、亜由美は言った。「メール、読んでもらえました?」

「ええ。当ってみましたが、何しろ公式に捜査するわけにいかないので」

「それは分ってます」

「確かに、片瀬耕一はベルリンに行っています」

「そうですか」

「ただ、ちょっとびっくりしたのですが」

「何ですか?」

「出発前に、東京で打合せた相手というのが、ロシアの商社の日本代表だったんです」

「ロシア?」

「ええ、東京に事務所を置いていて、柏木《かしわぎ》という男が代表をつとめています。片瀬は柏木と会食しているんです」

「へえ。――でも、そんなことがよく分りましたね」

「それが気になるところでしてね」

「殿永さん。――何かあるんですね? 気をもたせないで下さい」

「まあそうです。柏木勇一《ゆういち》は警察が監視している男なんですよ」

「というと?」

「表向き、その商社は日本から雑貨を輸入しているのですが、実際は武器商人だと見られています」

「武器?」

「兵器と言った方がいい、戦車とか、地雷もですが、一方で小型の銃や拳銃も扱っている可能性があります」

と、殿永は言った。「特に、日本の場合、暴力団にひそかに売られているのではないかと」

「そんな商売に、片瀬耕一が係ってるんですか」

「もちろん、武器でない、本当の雑貨の取引きをしているのかもしれません。そこは巧みに隠していますからね」

「それにしても……。じゃ、ベルリンへは何をしに?」

「そこまでは分りません。ただ——今、ベルリンでは、兵器の見本市が開かれているんです。それを見に行った可能性もあります」

亜由美はため息をついて、

「何だか、早紀さんが気の毒になって来ました」

「そちらはどうです?」

「ええ……。トランシルバニアの村です。本当に中世に戻ったような村で」

まさか、「お墓を掘り返します」とは言えない。

「しかし、亜由美さんは、いつも物騒なことに巻き込まれる。用心して下さいよ」

「心配して下さるの？　まあ珍しい」

と、皮肉を言った。「母によろしく言って下さい」

亜由美の母、清美と殿永はメールのやりとりをする「メル友」である。

「では、何か分ったら、また連絡します」

「よろしく」

おやすみなさい、と言って切ったが……。

「武器商人か……」

片瀬自身がそうかは分らないが、ともかく段々片瀬のイメージが悪くなりつつあるのは確かだった……。

「あら……」

塚川清美は、ケータイにメールが着信したのに気付いて足を止めた。

横断歩道は、ちょうど信号が赤になっていた。

清美は昼間、買物にデパートへ行っての帰りだった。ブランド名の入った紙袋を腕にかけている。

バッグからケータイを取り出して、

「殿永さんからだわ」

〈清美さんへ。お変りありませんか。亜由美さんと電話で話しました。今、トランシルバニア

の村に入っているそうで、特に変ったことはないようです。お知らせまで。殿永〉

「あの子は運の強い子だからね」

と、清美は呟いた。

赤信号がそろそろ変ろうとしていた。殿永に返信するほどの時間はない。

それに、信号待ちの通行人がかなりたまっていた。

一番前に立っていた清美は、すぐ後ろに男が立ったことに気付いていなかった。

目の前を、信号が変りそうになって加速した車が走り抜ける。

コートをはおった男は、そっと手を清美の背中へ当てた。

トラックが一台、走り抜けようとしていた。

男がそのトラックの前に清美を突き飛ばそうと――。

「あら」

清美は、ケータイに付けてあった人形が足下に落ちたのに気付いて、「いやだわ」

と、しゃがみ込んだ。

男の手は、清美の頭上で空を押して、

「あ……」

と、前のめりによろけた。

清美の上に覆いかぶさるような格好になる。

そして、横に転りそうになった。

「危いわよ」

気付いた清美が、男の腕をつかんで立ち上った。「何してるの！　道へ転ったらトラックにひかれるところよ」

トラックが風を吹きつけて、駆け抜けていく。

信号が青になった。

「気を付けなさいよ」

と、清美はコートの男に注意して、さっさと、横断歩道を渡って行く。

「どうも……」

男は呆然として清美を見送っていたが、通行人にぶつかられて、

「立ち止ってちゃ邪魔だろ」

と、文句を言われた。

「すみません……」

男はあわてて横断歩道を渡ったが、もう清美の姿は人に紛れて見えなくなっていた。

6　幽霊と面会

何かがふっ切れたのだろう。朝食の席に現われた早紀は、爽やかな表情をしていた。

「おはようございます」

という声も明るかった。

「眠れました?」

と、亜由美は訊いた。

「もちろん」

と、早紀は微笑んで席についた。

「コーヒーか紅茶だけ選ぶようです」

と、亜由美は言った。「後はハムとチーズとパンで、誰も同じみたいです」

「でも、ハムが結構いけます」

と、神田聡子が言った。

「ワン」

テーブルの下で、ドン・ファンが同感の意を表明した。

早紀はコーヒーを頼んだ。忙しく動き回っているのは、このホテルのマリー。

二十歳の女主人の太い腕、がっしりした腰まわりを見て、

「生命力を感じるわね」

と、聡子が言った。

「邦光さんは?」

と、早紀が訊いた。

「先に朝食をすませて、買物に行きました」

と、亜由美が言った。「片瀬さんからご連絡ありました?」

「ええ、メールでね。ベルリンで商談に手間取ってるらしいわ。〈もう四、五日かかるかもしれない〉って」

「そうですか」

「そちらには、日本から何か?」

「いえ、特に何も」

亜由美は、殿永からの情報を、とりあえず自分の胸にしまっておくことにした。まだ推測の域を出ない情報である。

「――本当においしいわ、このハム」

と、早紀が言った。「パンも、いかにもこの辺のものですよね」

甘みなどかけらもない。ライ麦や小麦の匂いがして、土の香りのする固いパンだが、ハムやチーズによく合う。

亜由美たちは、しっかり食べてダイニングを出た。

フロントに、無精ひげを生やした農夫らしい男がやって来ていた。抱えたカゴに、ジャガイモが山になっている。

主人のロッコがやって来て、カゴを受け取ると、その男に何か言った。

男は言いわけでもするように、まくし立てたが、ロッコの方も若いといっても負けていない。

言い合っているところへ、邦光が戻って来た。ロッコに話しかけ、その間にジャガイモを持って来た男は出て行ってしまった。

「――朝食はすみましたか」

と、邦光は言った。

大きな布の袋が重そうだ。

「必要な物は揃いました」

「良かったわ。昼間でないとね」

と、亜由美は言った。

「あそこには誰も来ないでしょう」

邦光は早紀を見て、「どうかしましたか?」

早紀が、何だかぼんやりと玄関の方を見ていたのである。

「あ、ごめんなさい」

と、早紀は言って、「――今、そこでロッコさんと話してたの、誰かしら?」

「訊いてみましょう」

邦光はロッコと話して戻って来ると、「ジャガイモやタマネギを納めている農家の、ラウルという男だそうです」

「そう……」

「どうかしたんですか?」

と、亜由美が訊くと、早紀は小首をかしげて、

「いえ……。あの人のこと、どこかで会ったことがあるような気がして……」

と言った。「誰かと似てるだけかしら」

「ねえ」

と、聡子が言った。「腹ごなしに、村の中を

少し歩きません?」

「聡子も、たまにはいいこと言うわね」

「何よ」

ドン・ファンが先頭を切って表に出て行った。

「迷子になるほど広くありませんよ」

と、邦光が言った。

そして、亜由美と聡子、早紀、ドン・ファンの四人は、古びた家並みと、その間にモダンな店が顔を出す、ふしぎな風景の中を歩いて行った。

「噴水がある」

と、聡子が駆けて行ったが、「何だ、水がないわ」

以前は中央の彫刻の白鳥から水が出ていたのだろう。

「あら、イタズラしてある」

と、亜由美は笑った。

白鳥の顔に、黒くひげが描かれていたのだ。

「どこでも、子供のすることは同じね」

と、早紀も微笑んだ。

ドン・ファンがヒョイと空の水盤の中へ入ると、白鳥の像へと駆けて行った。

「あら、珍しい。ドン・ファンが人間の女の子以外に関心持つなんて」

と、亜由美がからかうと、ドン・ファンが怒ったように、「ワン!」と吠《ほ》えた。

「待って。——何か言いたげね」

亜由美は少し考え込んでいたが、「白鳥のひ、げ？　それがどうしたって……」

ふと、思い出して、

「早紀さん。さっき、あの無精ひげの男の人のこと――。ラウルっていいましたっけ」

「え？　ああ……。何だか、どこかで会ったことがあるみたいで」

と、早紀は言って、「でも、気のせいでしょう」

「私、あのフロントの所、写真撮ったよ」

と、聡子がケータイを出す。「ラウルって人、写ってるんじゃないかな」

そのカットを画面に出すと、

「隅の方にいますね」

「拡大してみて」

と、亜由美は言って、「――どうですか？」

と、拡大したラウルの顔を見せた。

「そうね……。誰に似てるか、思い出せないわ」

と、早紀は首を振った。

「聡子、それ、顔の変身アプリ入ってる？」

「うん、ほとんど使ったことないけどね」

「じゃあ、今使って」

「どうするの？」

「そのラウルって男の顔を一杯に大きくして、ひげを取り払えない？」

「あ、そうか。うん、やってみる」

聡子がスマホをいじって、「――これでどう？」

「うん。早紀さん、どうですか？」

ラウルの顔から無精ひげが消え、ピンクの肌になっている。

「この顔……」

早紀は、しばらくじっとそれに見入っていたが――。

突然、早紀はハッと息を呑《の》んで、

「まさか！」

と、震える声で言った。「でも――そうだわ！　間違いない」

「早紀さん……」

「どういうことなの？　こんなこと、あり得ない！」

早紀は胸を押えて、「待って。――少し時間を」

「大丈夫ですか？　この噴水の所に腰をかけて。――焦らなくていいですからね！」

亜由美がなだめる。

ドン・ファンが、早紀の足下へやって来ると、やさしい声になって、

「クウーン……」

と鳴いた。

早紀は、何度か大きく息をつくと、

「ありがとう、ドン・ファン。――おかげで気が付いたわ」

「早紀さん……。この男を思い出したんですね？」

「ええ。でも、ラウルって名前ではなかった

わ」

と、早紀は首を振って、「ひげもなくて、そして農夫の格好じゃなかった。上等な上着を着て、大きな鞄《かばん》を持ってた」

「それって……」

「名前はマックス。そう名のっていたわ。医者、だと言って」

「医者？」

「ええ。ドイツ語を話した。姉が具合悪くなったとき、やって来たのが、マックスだった。そして、姉を診るとき、私たちを部屋の外に出した……」

「それじゃ……」

「姉に何をしたのか。――薬をのませて、殺したのかもしれないわ」

亜由美は聡子と顔を見合せて、

「マックスを連れて来たのは、誰だったんですか？」

と訊いた。

「もちろん――片瀬さんだった」

と、早紀は言った。「ホテルの人に訊いて、この村のただ一人の医者だと……。ドイツ語が分るし、いい医者だという評判だから、と言って……」

話しながら、早紀の顔が段々こわばって来た。そして――目を閉じ、しばらく深い息をくり返して、

「やっぱり……。あの人が姉を殺したんだわ」

結婚したばかりの相手を殺人犯だと考えるのは辛《つら》いだろう。しかも姉が殺されているのだ。

「早紀さん」

と、亜由美は言った。「事実を確認しましょう。それまでは辛いでしょうけど、何も気付かないふりを」

「でも……」

「今、ラウルという男を問い詰めても、きっと何も知らないと否定しますよ」

「そうね、確かに」

「向うは早紀さんが来ていることに気付いていない。ここに住んでるなら、逃亡する心配はないでしょう」

「ええ」

「マックスという医者に化けたことを、いやでも認めざるを得ないように持っていくんです。それには……」

と、亜由美は言いかけて、「そうだわ。片瀬さんがこの村に来たら、きっとラウルが動く。それを待つんです」

「分ったわ」

と、早紀は大分落ちついた様子で、「亜由美さん、本当に凄いわね。犯罪捜査のベテランとしか思えない」

「他に取り柄がないんです」

と、聡子が言った。

「どうしてあんたが言うのよ」

「だって事実だもん」

「ワン」

ドン・ファンが同意するように鳴いたので、
三人は笑ってしまった。

「ありがとう、ドン・ファン」

早紀はドン・ファンの頭を撫《な》でて、「私、大丈夫よ。冷静に事件と向き合えるわ」

と言った……。


デパートは混雑していた。

もちろん、トランシルバニアの話ではなく、東京都心でのことである。

「よくこんなに人がいるもんね」

と、塚川清美は感心して呟いた。

自分もその一人なのだが、「混雑を作っているのは他の人たち」であると考えていた。

まあ、混雑するのも当然で、今、八階のイベント会場は、〈年に一度〉という安売りの最中。

「でも、ついこの間も〈年に一度〉ってのをやってたけどね」

〈年に一度〉が何度もある、というデパートらしい商売。

特に、この日の午前中は〈時間限定〉で、さらに安い。清美でなくてもやって来る主婦が文字通り、ひしめき合っていた。

「午前中って……今十一時五十二分か」

あと八分ある。――もちろん、今から品物を手にレジに並んでも、会計が八分で終るわけはないのだが、そこは日本のデパート。

「十二時までに並んで下さったお客様は、午前中とします」

と、何度も放送が流れていた。

もっとも、そういうことにしなければ、怒る客が続出して大変だろう。

それでも、清美は自分のセーターやスカートをカゴに入れて並び、十二時の二分前に会計が終った。

一つ上のフロアは食堂街だ。

「お昼を食べて帰りましょ」

食べる所も混んでいるだろうが、清美はまだ余力があった。

そして——その男は、いい加減くたびれていた。

かなり年代物のコートをはおった男は、こういうフロアでは目立つ。しかも何も買っていないのだから。

もし、このフロアが、これほど混雑していなかったら、ウロウロしているだけの男は、ガードマンの目にとまって、声をかけられていたかもしれない。

しかし、今日の人ごみの中では、一人一人を見分けるのも容易ではないし、ガードマンも、セールに殺到する客を整理するので手一杯だった。

「大変ね」

と、清美が眉をひそめたのは、上のフロアへ行くエスカレーターまでの間が、人で溢《あふ》れていたからだ。

すぐ近くに階段がある。

「階段で上りましょ」

と、両手に買ったものの袋をさげて、階段へと向った。

男は、やっとチャンスが来た、と思った。

この男。赤信号の横断歩道で、清美をトラックの前に突き飛ばそうとして、自分が転びかけた男だ。

「やるぞ！」

と、自分を励ますように言うと、階段を上って行く清美を追って行った。

階段は空いているが、それでも誰もいないわけではない。手早くすませて、騒ぎになる前に素早く姿を消す。

男はコートのポケットの中に手を入れて、その手にナイフを握っていた。大したナイフではなく、缶切りとか栓抜きとかの付いた万能ナイフだが、それでも突き刺すことはできるだろう。

清美の背中へと、急いで階段を上って行く。

前後に他の客もいない。――今だ！

清美はちょうど途中の踊り場に上ったところだった。

「左の方が重すぎるわね」

左右にさげている手さげ袋の重さに差がある。こういう状態が気に入らないのである。

足を止めると、

「よいしょ！」

と、左右の袋を持ちかえた。

袋を半ば振り回すようにした、ちょうどそこへ、男は上って来た。

ここぞとナイフを握りしめ――。

清美の振り回した重い方の袋が、ちょうど男の顔を直撃した。

ガチガチに緊張していたせいもあったろうが、バランスを失った男は、

「あ……あ……」

と、声をたてる間もなく、階段をみごとに転り落ちて行った。

「いてて……」

首をひねって、痛みに男は気が付いた。


ここ、どこだ？　――白い天井が見える。

「あら、気が付いた」

と、白衣を着た女性が覗き込んで、「どこか痛いところは？」

と訊いた。

「ここは……」

「デパートの医務室」

「デパート……」

「あなた、階段から転り落ちたのよ」

「あ……」

思い出した！　あの女……。

起き上ろうとすると、男は腰に痛みが来て、

「いて……いてて……」

「無理しないの」

と、その女性は言った。「私、病院からアルバイトに来てるんだけど、ここは、人ごみで気分悪くなった人とかの来る所なの。本格的に具合悪い人を治療するような設備もないし、外科的なことは私、苦手なの」

「はあ……」

「診たところ、外傷はないようだし、骨も折れてないみたいだから、少し横になってれば、その内おさまると思うわよ」

その口調は明らかに、「面倒なことはいやだから、早く出て行ってくれ」と言っていた。

「今夜になっても、まだ痛みがあるようだったら、明日、どこか大きな病院に行って」

「――分りました」

「じゃ、そういうことで」

と、ニッコリ笑って肯くと、女性は固いベッドを仕切っていたカーテンを開けて、行ってしまった。

「畜生……」

と呟きながら、「ツイてねえ……」

ひどい目にあった。――あんなに派手に階段を転げ落ちるなんて。

あの女――生かしちゃおかねえ！

塚川清美といったか。あの横断歩道のときもそうだったが、タイミングが悪かった。

あとひと息だったのに……。

「痛い……」

と呻《うめ》きながら、それでも何とか起き上った。

おそるおそるベッドから下りると、何とか歩けそうだ。

大体、ベッドというより診察台みたいな、固い台である。ここで寝てるだけでも腰を痛めそうだ。

ヨロヨロとカーテンから出て行くと、

「あ、もう大丈夫?」

と、椅子にかけていた白衣の女性が、週刊誌を読みながら、「一人で帰れるわよね」

「ええ、たぶん……」

「デパートとしては、救急車なんかに来られたくないわけね。良かったわ、元気になって」

ちっとも元気じゃねえ、と言いたかったが、男の方でも騒ぎになるとうまくない。

「じゃ、どうも……」

礼を言うこともないかとは思ったが……。

医務室を出ると、どうやらここは地階で、食品売場はセール会場に負けない混雑ぶりだった。してみると、ここまで誰かに運ばれてきたのだ。

「やれやれ……」

今から塚川清美を見付けるのは不可能だろう。もう少しだったのに……。

そう考えて――青くなった。

ナイフ!

どこに行ったろう?

階段を転り落ちたとき、ナイフを握りしめていたはずだ。

「――行ってみよう」

まだあの辺に落ちているかもしれない。

腰を押えながら、何とかエレベーターに辿り着く。

相変らず大混雑で、エレベーターの奥の方へ詰め込まれて、男は今度は呼吸困難で死ぬかと思った……。

7　縁のある関係

「確か……ここだよな」

と、男は階段の所へ来て呟くと、周囲を見回した。

だが、そこはただの階段だ。捜すといっても、一目でそんなものが落ちていないことは分る。

では――どうしたのだろう?

気を失っている間に、誰かが――たぶんデパートの人間が――彼を医務室へ運んだ。そのとき、刃を出したままのナイフが落ちていたら……。

普通なら怪しんで、警察へ連絡するだろう。

しかし、こうして帰れたということは……。

「うん、そうか」

よほどの幸運で、ナイフがどこか遠くへ飛んで行ってしまって、誰も目にとめなかった、ということだろう。

落とし物、として届けられているか、それとも拾った誰かが自分のものにしてしまったか。

いずれにしても、自分が捕まる心配はなさそうだ。

そうだ。俺はツイてるんだ！

階段を転り落ちて気絶したのだから、ツイてるとは言いにくいが、それでも最悪の事態は避けられたのだ。

「ああ……。やれやれ」

上着の内ポケットでケータイが鳴り出して、びっくりした。

ケータイはポケットから飛び出しもせず、壊れもしなかったらしい。

「もしもし」

と出ると、

「どうなってる」

と、あの男の声がした。「連絡しろと言っただろう」

「あ、すみません！　ちょっと気絶していたので……」

「何だと？」

「いえ、大丈夫です。もうすっかり。腰は痛いですが、歩けないほどでも……」

「そんなことは訊いてない！」

「ごもっともで」

「どうなんだ！　仕事は片付いたのか」

「それが……今日はずっと混雑したデパートの中で、なかなか一人にならないんです。それで——」

「つまり、まだやってない、ってことなんだな」

「はい！　必ず今日中に」

「連絡しろよ。いいな」

「分かりました。何とか今日中には……」

切れた。

林田勝一《はやしだかついち》というのが、この男の名前だった。

親がこの長男に成功を期待していたのは、〈勝一〉という名でも分る。

しかし、実際には〈負一〉という方がぴったりくる人生だった……。

「あ……」

ケータイがまた鳴った。

「もしもし、あなた？」

「何だ、咲子《さきこ》か。どうした？」

「あの……大変なの。あの子が——倒れたの！」

一瞬、林田は、何を言われているか分らなかった。

「どうしたって？　有一《ゆういち》が——転んだのか」

自分が転落したので、我が子のこともついそう思ったのだ。息子の有一は今八歳、林田が四十一のときの子で、待望の子供だった。妻の咲子はそのとき二十八だった。

有一は元気の塊のような子で、よく外を駆け回ってけがをしたものだ。

「転んだんじゃないの！　急に学校で意識を失って、救急車で……」

「救急車だと？」

林田は青ざめた。「今、どこだ？　すぐ行く！」

ケータイで話しながら、林田は階段を駆け下りていた。

エレベーターやエスカレーターを使う気はしない。ともかく必死で階段を下り続けたのである。

「あなた！」

やっと病院を探し当てた林田が、廊下を辿って行くと、妻の咲子の方が見付けて駆けて来た。

「咲子！　どうなんだ？」

林田は息を弾ませながら訊いた。

「まだ分らないの。今、検査してもらってるんだけど……」

家事の途中で飛び出して来たのだろう、咲子はセーターとジーンズ姿だった。

「そうか。――いや、あいつは大丈夫。きっと大丈夫だ」

林田は自分へ言い聞かせるように言った。

「あなた……。汗かいてる」

「ああ。この病院が分らなくて、駆け回ってたんだ」

「ちょっと座りましょう」

咲子に促されて、林田はクシャクシャのハンカチで汗を拭きながら、廊下の長椅子に座った。

「しかし……一体何があったんだ？」

「よく分らないの。学校から突然電話があって……。救急車でここに運ばれたって言われただけで」

「先生は？　付いて来なかったのか？」

「ええ、誰も。私は、ともかく有一のことが心配で何も言わなかったんだけど……」

「――どうした？」

「学校の人が言ったの。『教師は授業があって、学校を出られませんので』って。訊きもしないのに、『教師に落度はありません』って言ったのよ」

「妙じゃないか」

「ええ。後になってそう思ったわ。でも、そのときは病院へ駆けつけることだけ考えていたから……」

「うん、それは当然だ。分った。学校には、俺が訊いてみる」

林田は咲子の肩を抱いて言った。「お前は何も心配しなくていい。大丈夫だ」

しかし、咲子は、

「あの子……。もしあの子にもしものことがあったら……」

と、声を震わせる。

「何を言ってるんだ！　何も分らない内にそう心配してどうする」

「ええ、そうね……」

咲子は涙を拭った。

林田は妻の肩を抱く手に力を入れた。

今、四十九の林田より、咲子はひと回り年下の三十六歳。有一を産むときにかなり大変で、もともと体が弱かったのだが、軽いうつになったりした。

それでも、有一が元気に小学校に上ってからは大分明るくなって、林田はホッとしていたのだが――。

今度は林田が「リストラ」にあって、会社を強制的に辞めさせられてしまった。

「ちゃんと次の仕事を見付けてあるから」

と、咲子には言っていたが、その実、五十近い身には、必死で捜しても仕事はなかった。

咲子を不安がらせないように、毎日、

「面接がある」

とか、

「紹介してくれる友人に会う」

と言って、朝家を出ていたが、実際には会ってくれる会社などほとんどなかった。

そんなとき、声をかけられたのだ。

「危い仕事だが、うまくやれば百万払う」

――まともな話でないことは承知だったが、前金で五十万くれると言われて、心が動いた。

女を一人、殺す。

とんでもないことだ。――自分にそんなことができるかどうか、林田も話を聞いて青ざめたが、

「聞いた以上、やってもらうぞ」

と、冷ややかに言われた。「逃げようと思ったら、女房子供が無事ですまないからな」

そう言われて、やるしかない、と心を決めた。

相手は中年の女一人。簡単だと思ったが、そうはいかなかった……。

「あなた」

と、咲子が気付いて、「おでこにこぶができてるわ。どこかにぶつけたの？」

「いや、ちょっと……。階段から転げ落ちてな」

と、わざと笑って見せて、「ドジだからな、俺は」

「まあ……。気を付けてよ」

と、咲子はそっと夫の手を握った。

そこへ、

「林田さん？」

と、くたびれた感じの医師がやって来て、二人は弾《はじ》かれたように立ち上った。

「先生、息子は……」

「まあ、単純な失神でしょう。子供にはよくあることです」

「はあ……。検査は……」

「ご心配なら、他の病院で脳の検査をしてもらって下さい」

医師はそう言うと、「じゃ、忙しいんで、これで」

と行ってしまった。

「――どうなってるんだ」

林田はムッとして、「いい加減だな、全く！」

「心配だわ。もっといい病院で診てもらいましょうよ」

「そうだな」

看護師がやって来て、

「お子さん、今出て来ますから」

と言った。

「はあ……」

林田は咲子の手を握って、

「心配するな。医者をやってる友人もいる。ちゃんと調べてもらうよ」

しかし、今、それだけの金があるか、と林田は考えていた。何とかして……。

「脳は怖いわよ」

と、二人の背後で声がした。「いい病院を知ってるわ。紹介してあげるわよ」

振り返って、林田は唖然とした。

そこに立っていたのは、林田が「殺すはず」の、塚川清美だったのである。

林田が呆然としているところへ、

「ママ」

と、声がして、息子の有一が廊下に立っていた。

「有一！　大丈夫？」

母の咲子が駆け寄って、我が子を抱きしめた。

「心配したわ……。何ともない？」

「うん」

八歳の有一はしっかり肯いた。

「良かったわ！　帰りましょうね。パパも心配して来てるのよ」

林田はやっと我に返って、

「有一……。顔色も悪くないじゃないか」

と言った。

塚川清美は黙ってその光景を眺めていた。


「あの……」

と、咲子が言った。「ご親切に……。主人の知り合いの方でいらっしゃいますの？」

「いや、別に——」

と、林田が言いかけると、同時に清美が、

「ええ、ご主人の仕事のことで、何度かお会いしてますの」

と言った。

「まあ、そうですか。主人がお世話になって……」

と言いながら、咲子は心ここにあらずで、我が子の手を引いて、「さ、行きましょ。今日はこれで……」

と歩き出した。

林田も、何と言っていいのか分らないまま、妻子と一緒に玄関へと歩き出したが――。

「待って！」

と、清美が声をかけた。

林田はドキッとした。――あの言い方では、清美は林田のしようとしたことを知っているのだ。

「坊っちゃん、歩いてみて。一人で。――そう」

面食らっている咲子の前で、清美が有一を歩かせたが……。

有一はなぜか真直ぐ歩けず、左へそれてしまう。

「真直ぐ歩けない？」

と、清美が訊いた。

「歩いてんだけど……」

と、有一が首を振った。

「――何かあると思った方がいいわ」

と、清美が言った。「奥さん、急いで大きな病院へ」

「は……」

「一刻を争うかもしれませんよ！」

と、清美は言った。「ちょっと！　ぼんやりしてないで、抱っこして！」

「はい……」

林田が有一を抱き上げると、

「ついて来なさい！」

と、清美がいきなり走り出した。

林田たちがあわてて後を追う。

清美は、病院の玄関前に客待ちしていたタクシーの助手席に乗り込むと、

「緊急なの！　K大病院まで五分で行って！」

ドライバーが目をむいて、

「五分？　無理だよ！」

「子供の命がかかってるのよ！　五分で着いたら一万円払う」

「しかし――」

「もし、スピード違反で捕まったら、罰金も出してあげるわ」

呆れ顔のドライバーは笑い出して、

「あんた、おかしな人だね。よし！　行ってやろうじゃないか！」

と言うと、「しっかりつかまってろよ！」

と、車を猛ダッシュさせた。

8　情けは人の……

「脳に出血がありました」

若い医師は、額に汗を浮かべて、「危いところです。もう少し遅かったら、もし助かっても重い後遺症が残ったでしょう」

話を聞いて、咲子は真青になった。よろけて夫につかまったが——。

林田の方も青くなってよろけたので、結局二人して一緒に床に転ってしまった。

「大丈夫ですか？」

と、医師が目を丸くする。

「ショックを受けていまして」

と、清美が代って言った。「入院の手続きが必要ですね」

「ええ今、看護師がご説明に来ますから」

と、医師は微笑んで、「まず、後遺症は出ないと思いますよ」

「ありがとうございました」

清美が礼を言って、医師を見送ると、両親の方は、やっと起き上った。

「あの……何とお礼を申し上げたら……」

と、咲子が言った。

「いえいえ。ちょっと知ってる人で、同じような様子だった人がいてね。手遅れにならなくて良かったわ」

「本当に……。私、あの子が生きがいで……」

「泣かないで。お子さんがびっくりしますよ。顔を洗ってらっしゃい」

「はい……。本当にそうですね。私ったら、しっかりしなくちゃ……」

ハンカチを手に、咲子がトイレに行くと、林田は大きく息をついた。

「どうして……」

と、林田が言いかけると、

「これ、返してあげるわ」

清美が林田に渡したのは、林田が失《な》くしたナイフだった。

林田が呆然としている。

ナイフを受け取って、

「俺はあんたを……」

「殺さなくて良かったでしょ？　私がいなかったら、今ごろお子さんは……」

「ありがとう！」

と、林田は床にぶつかるかという勢いで頭を下げた。「俺は……リストラされて、仕事が見付からなかった。そこへ知らない男が……」

「じゃ、今まで人を殺したことはないのね？」

「あるわけない！　平凡なサラリーマンだったんだ」

「だと思ったわ」

——咲子が戻って来て、

「ひどい顔ね。あなたも顔を洗って来たら？」

「いや、俺はいいよ。あの……塚川さん」

「お子さんのこと、見てあげて。仕事のことは、今夜でも話しましょ」

「はい。どうも……」

「入院費のこと、知ってるお医者さんがいるから、相談に乗ってくれるわよ。じゃ、あなたのケータイに電話するわ」

「え……」

「デパートで、ケータイを見せてもらったわ」

と、清美は言った。「お大事に」

「ありがとうございました！」

と、咲子は頭を下げて、「あ！　タクシー代――」

「あれはいいの。私の趣味だから」


そう言って、清美はスタスタと行ってしまった……。


「あら、誰か……」

と、早紀が言った。

姉、靖代の墓へやって来たのだが、荒れたままの教会の前に、神父の姿があったのだ。

「二年前のときの人ですか？」

と、亜由美が言った。

「いえ、パオロ神父はもっとお年齢《とし》で……。あんなに若い方じゃありませんでした」

見たところ、まだ三十代だろう。荒れ果てた教会をじっと眺めていたが、やがて亜由美たちに気が付くと、

「あの……どこの方？」

と、英語で訊いた。

「日本から来た者です」

早紀がドイツ語で言うと、神父はホッとした様子で、

「ドイツ語ができる？　良かった。私はドイツから来たのです」

「この教会へですか？」

「いや、ここはもう長いこと放置されているので、ともかくどうなっているか見ておこうと思いまして」

と、神父は言った。「私はミカエルです」

「早紀と申します」

と、名だけを言って、「姉が二年前にここで亡くなりまして、その墓に……」

「そうですか。では旅の途中で？　それは気の毒な」

ミカエルという神父は、邦光がシャベルやつるはしを持っているのを見て、ちょっとふしぎそうに、

「どこか工事でも？」

と訊いた。

「いえ！　あんまり荒れているので、少しきれいにしようかと……」

早紀があわてて言った。

まさか「墓地を掘り返します」とは言えない……。

「それはご苦労さまです」

と、ミカエル神父は言った。「お手伝いできるといいのですが、先を急ぐものですから」

「もちろんです！　とんでもない、そんなこと……」

と、早紀は言って、「あの——二年前、こちらにおられたパオロ神父様は、もう他へ移られたのでしょうか？」

ミカエル神父はけげんな表情で、

「パオロ神父？　そういう名前の神父はいませんが」

と言った。

「でも、二年前に姉を埋葬するとき……」

「この教会はもう五年以上、神父が来ていないのです。二年前にもいなかったはずです」

「まあ……」

早紀は愕然《がくぜん》とした。

二人はドイツ語で話していたので、亜由美たちにはさっぱり分らなかったのだが、話の様子と表情、「パオロ」の名で、大方の見当はついた。

「早紀さん。医者だけじゃなくて、神父さんも偽者だったんですね」

「そういうことになりますね……」

早紀は呆然として呟いた。

しかし、ミカエル神父の方は、驚くだけではすまないようで、

「神父でもない者がパオロ神父と名のって埋葬を執り行なったとしたら、大問題です！」

と、憤然として、「この件は司教にお話しして、改めてこの村に調査に来ることになるでしょう」

「そうですね……」

先を急ぐので、とミカエル神父が行ってしまって、ともかく亜由美たちはホッとした。

「――パオロ神父ってのも、きっと誰かの変装よ」

と、亜由美は言った。「医者のマックスと同じだわ」

「パオロ神父も、どこからか片瀬さんが連れて来たのだったわ」

と、早紀が言った。「私はもう悲しみに沈んでいて、そんなこと、考えもしなかった……」

「では、邪魔の入らない内に」

と、邦光が言った。

「ええ！　墓を掘り返しましょう」

思いがけないことのおかげで、墓を掘り返すという、いささか気味の悪い仕事が、あまり気にならなくなった。

「――ここだ」

まず十字架を抜くと、邦光が固い地面につるはしを打ち込む。土が細かく砕けたところで、シャベルで土を掘り始める。

「手伝うわ」

亜由美は余分にあったシャベルで、土を掘って行った。

ガチッと、シャベルが何かに当った。

「せいぜい五十センチだ」

と、邦光が言った。「棺でしょう、おそらく」

「そう深く埋めた記憶はないわ」

と、早紀は言った。

「じゃ、土をどんどどけて！」

掘った土が宙へ飛ぶ。——間もなく、棺が見えて来た。

「——これか」

と、聡子がさすがに緊張の面持ちで、「開けて見るのよね」

「そのために来たんだよ」

と、亜由美は言った。

「そうだけど……」

その間にも、邦光は棺の上の土を取り去って行った。

「——これでいい。後はふたをこじ開けて」

「ワン」

ドン・ファンが棺の上にポンと飛び下りた。

「ドン・ファン！——そうなのね」

「何が？」

「分るはずだわ、遺体があれば、ドン・ファンには」

「そうか」

「待てよ」

邦光が棺のところまで下りて行くと、「——見て下さい。棺のふたに打ちつけた釘《くぎ》が抜けている」

「本当だわ！」

早紀が息を呑んで、「板が裂けてるところも」

「誰かが、ふたを開けたんだ」

邦光がふたの端に手をかけると、「開けますよ」

ふたが持ち上って来る。土砂がザーッと落ちた。

「まあ……」

早紀が言った。

棺の中は――空だった。

もちろん、予想していたことではあったが、現実に空の棺を目にして、みんなしばし立ち尽くしていた。

「――お姉さん」

と、早紀は言った。「生きているの?」

「あのベルの針金が切れていたことを考えると、棺の中で、靖代さんがベルを鳴らしたんじゃないでしょうか」

と、亜由美は言った。「ただ――もし、生きておいでなら……」

「ええ、分ります」

と、早紀は肯いて、「もし生きて救い出されたのなら、何か連絡してくるでしょうね。ですから、やはり姉は死んだのかも……」

「でも、希望はあります」

「ワン!」

ドン・ファンが力づけるようにひと声鳴いた。

「ありがとう」

と、早紀は微笑んで、「わずかでも生きている可能性があることが分ったただけでも……」

「ともかく、誰かが棺を開けたわけだ」

と、邦光が言った。

「そうね。きっと村の人でしょう。たぶんこの墓地へ来て、ベルが鳴るのを聞いたんだわ。そして、穴を掘って、棺を開けた……」

「小さな村だ。きっと誰かが事情を知っていますよ」

と、邦光が言った。

「でも、ここは一旦、元の通りにしておかなくては」

と、亜由美が言った。

「そうですね。でも掘るより埋めるのは楽ですよ」

「手伝うわ。聡子、あんたも」

「シャベルが数不足」

「代ってあげようか?」

「いえ、遠慮します」

「私がやるわ。塚川さん、ありがとう。あなたが思い切って提案してくれなかったら、きっと、私、こんなこと、できなかったわ」

空の棺の上に、土砂が投げかけられた。

そのとき——。

ドン・ファンがひと声高く吠えた。

その向いた方向に目をやると、木のかげに人の姿が見えた。

「誰かいるわ!」

と、亜由美が言って、「ドン・ファン！　行け！」

ドン・ファンがタタッと駆け出すと、木のかげにいた人影が、あわてたように飛び出した。

小太りなその男は、必死で走っていたが、追いかけるドン・ファンの方が速い。

「待て！」

亜由美も走りながら叫んだ。

すると——木立ちの間に、バン、という音が響いて、男はよろけた。

「銃声だわ！」

と、亜由美が言った。「ドン・ファン！　気を付けて！」

亜由美は身をかがめて、

「みんな、用心して！」

と叫んだ。

逃げていた男が、二、三歩よろけたと思うと、バタッと倒れた。

そして、すぐに車の音が遠ざかって行った。

「——亜由美さん」

早紀が駆けて来た。

「犯人は逃げたようですね」

倒れた男へと近付いてみる。

「亜由美さん！　気を付けて」

早紀が声を上げる。

あ、そうか、と亜由美は思った。普通の人は、銃で撃たれた人間など、そう見ることはない。

「大丈夫です」

と、亜由美は落ちついて言った。「そこにいて下さい」

「亜由美、死体には慣れてますから」

と、聡子が言った。

「凄いのね……」

と、早紀がため息をつく。

「——死んでいます」

亜由美は男の手首の脈をみて、言った。そして、死体を仰向《あおむ》けにすると、

「早紀さん。この人、見憶《みおぼ》えあります?」

と、声をかけた。

早紀がこわごわやって来ると、いくらかは予期していたのだろう、その小太りな男を一目見て、

「間違いないわ」

と言った。「この男よ。パオロ神父と名のってたのは……」

9　夜歩く者

「どうしたらいいのかしら……」

早紀が何度めかのため息をついた。

悩むのも当然だろう。

二年前、姉はおそらく夫に殺された。そして、その男は今、早紀の夫だ。

「片瀬さんはいつこっちへ?」

と、亜由美は訊いた。

「電話してみたけど、つながらないの」

と、早紀は言った。「少なくとも、二、三日の内には……」

亜由美たちはホテルのダイニングで夕食をとっていた。

邦光がいないので、オーダーするのも大変だったが、早紀のドイツ語で辛うじて意味が通じて、みんなホッとした。

ことは殺人事件である。

放っておくわけにはいかないので、邦光が地元の警察に届け出た。

ただし、ややこしいことになるのを避けるために、邦光一人が墓地で倒れている男を発見したということにして、亜由美たちはシャベルなどを持ってホテルに戻ったのである。

「誰があの男を撃ったのかしら」

と、早紀が言った。

「――早紀さん」

亜由美は、殿永から聞いたことを、早紀に伝えた。

「片瀬さんが武器を？」

「もちろん、そのことと、今日の事件が係ってるとは限りませんけど」

「でも、偶然って考える方が不自然よね」

と、早紀は言った。「どうなるんでしょう、一体……」

「ワン」

と、ドン・ファンがひと声鳴いて、早紀の足下に横たわった。

「慰めてくれるの？　ありがとう」

と、早紀はドン・ファンに言った。

ともかく、ため息はついても食欲はあるようで、三人とも、かなりのヴォリュームのステーキをせっせと平らげた。ただ、日本の肉に比べると、かなり固いので、ナイフで切るのも、かむのも大変だった。

「――顎がきたえられるわね」

と、聡子が言った。

「うん！」

と、突然亜由美が言った。

「どうしたの？」

「ここはまず、靖代さんがどうなったか、調べることにしましょう。小さな村だもの、棺の中の人間が生きていたとしたら、騒ぎになってるでしょう」

「それはそうだけど……」

「分ってる。もし、助け出されたとしても、二年間、どうしていたのか、今、どうなっているかは分らない。でも、あれこれ想像してみても仕方ないですよ、早紀さん。事実はどうなのか、覚悟して調べましょう」

亜由美のきっぱりとした言い方に、早紀はちょっと座り直して、

「その通りね。くよくよしていても仕方ない。――邦光さんに言って、村の中にそのことを知っている人間がいないか、訊いてもらいましょう」

「あのマックスって医者になりすましてた男はどうするの？」

と、聡子が言った。

「ラウルといったわね」

と、亜由美は言って、「――そうか。パオロ神父を名のってた男が撃たれたってことは……」

「じゃ、ラウルも？」

「可能性ありますね。そっちも口をふさごうとするかも……。邦光さんが戻ったら、あのラウルって男の家へ行ってみましょう」

「そうね」

と、早紀が肯く。「生きている手がかりですものね」

「片瀬さんのことも、ラウルから何を訊き出せ

るかですよね」

と、亜由美は言ったが……。

ドン・ファンが頭を上げて、

「ワン」

と、短く鳴いた。

そして、日本語で、

「もしかして、僕の名前が出てたかな？」

——亜由美たちは、一瞬固まった。

「片瀬さん！」

早紀は、テーブルの方へやって来る片瀬耕一を見て、「いつ……着いたの？」

と訊いた。

「今だよ」

と、片瀬は言って、「すっかり放り出してしまってすまない」

と、同じテーブルに椅子を持って来て、

「食事は終った？　じゃ、悪いけど一人で食事させてくれ。昼抜きで、ペコペコなんだ」

「ええ、もちろん」

と、亜由美が言った。「片瀬さん、まだベルリンで駆け回ってるのかしら、って話してたんですよ」

「思いのほか忙しくてね。七か国のビジネスマンと話をして来た」

片瀬はメニューを見て、「——やれやれ、さっぱり分らないな」

何とかステーキを注文して、片瀬は、

「この村はどうかな？」

と、早紀の方へ、「お墓に行ってみたかい？」

「ええ……。ちゃんと手を合せたわ」

「そうか。僕も明日、行ってみよう」

「もうお仕事の方は――」

「うん。ベルリンから電話が入ることになってるんだ」

片瀬はワインを飲んで、息をついた。

亜由美は、

「ちょっと手を洗ってくる」

と、席を立った。

ダイニングルームの外に、チラッと邦光の姿が見えたのである。

亜由美が出て行くと、邦光が、

「いや、やっと解放してくれましたよ」

と言った。「もう食事は――」

「ちょっと！」

亜由美は、邦光の腕を取って、ロビーの隅の方へ引張って行った。

「どうしたんです？」

「片瀬さんが現われたのよ」

と、亜由美は、ちょっと声をひそめて言った。

「そうですか。じゃ、お墓のことは――」

「明日、見に行くと言ってるわ。ともかく、口を滑らせないでね」

「分りました。シャベルとかは――」

「私たちの部屋に置いてある。それよりね」

亜由美の話を聞いて、邦光は肯くと、

「じゃ、ロッコに訊いて、あのラウルという男の住んでいる所を確かめておきます」

「よろしくね。早紀さんは出られないから、私たちだけで行ってみましょう」

「そうですね。ただ……」

と、邦光は言いにくそうに、「食事してからでいいですか？　お腹《なか》が空いて、目が回りそうで」

「もちろんよ！　ごめんなさい」

と、亜由美は笑いをこらえて言った……。

「おやすみなさい」

早紀は亜由美たちの方へ言って、片瀬に肩を抱かれながら、階段を上って行った。

「――複雑でしょうね、気持」

と、聡子が言った。

「聡子、ここにいてくれる？　何かあったら私のケータイにかけて」

「分った。ドン・ファンは？」

「ドン・ファンは私のボディガード」

と、亜由美は言った。「ね、ドン・ファン？」

「クゥーン」

と、ドン・ファンが甘えた声を出す。

「飼主にゴマすってるな」

と、聡子はドン・ファンをにらんで言った
……。

――三十分して、亜由美はロビーへ下りて行った。邦光が待っている。

「あのラウルって人の住い、分った？」

と、亜由美は訊いた。

「ロッコに訊きましたよ。小さなアパートだそうです」

と、邦光は言った。「ラウルに何の用があるのか、訊かれて困ったけど」

「それはそうね、どう答えたの？」

「ジャガイモがおいしかったんで、買えるか訊きたいって」

「じゃ、日本に持って帰る？」

と、亜由美は笑って言った。「じゃ、出かけましょうか」

夜といっても、まだ十時にならないのに、村の中は真夜中のように暗く、人影もなかった。

「広場へ一旦出てからの方が分りやすいでしょう」

と、邦光が言った。

山間の村で、夜気は冬のように冷たい。

広場に出てから、狭い石畳の道を辿って行く。

古びた家が並ぶ。窓から洩れた明りが、わずかに通りを照らしている。

邦光がポケットからペンシルライトを取り出して、足下を照らしてくれたが、そうでないと、つまずいて転んでしまいそうだ。

「――この辺かな」

と、小さな明りを建物の角へ向ける。

番号の付いた札が壁に取り付けてある。

「この少し先ですかね……」

足を止めたのは、建物の外に作られた木の階段。かなり古そうだ。

「──これ上ったところみたいですよ」

と、邦光が言った。「足下に気を付けて下さい」

ミシミシときしむ階段を上って行く。

木のドアがあった。表札はないが、ドアに、ジャガイモとタマネギの絵が描いてある。

「ここですね。──明りが点《つ》いてるようだ」

小さな窓はカーテンが閉っていたが、隙間から明りが覗いている。

「じゃあ……」

亜由美は大きく息をついて、ドアをノックした。

返事がないので、もう一度ノックした。

「──留守かしら」

「もっと派手にやりましょう」

邦光が、ドンドンと力をこめて叩《たた》く。

すると──中で何かが壊れる音がした。陶器を落として割ったような音だ。

「ラウルさん！　──ラウル！」

と、邦光が呼んだが、返事はない。

ノブを回してみると──ドアが開いた。

「──ラウル？」

中を覗いて、邦光は言った。

亜由美とドン・ファンも、邦光に続いて中へ入った。

質素な部屋だ。テーブルと椅子、そしてジャガイモを山積みした大きなカゴが置いてある。

奥が寝室なのだろう、頭を下げないとくぐれない入口がある。

「中は暗いですね」

と、邦光がライトを点けて、入って行った。

そして、

「これは……」

と、短く声を上げる。

亜由美もその部屋へ入って、息を呑んだ。

「どうしたの？」

ライトが小さなベッドを照らし出している。

シーツが乱れて、人の姿はなかったが、そのシーツは血に染っていたのだ。

壁を探ると、明りのスイッチがあった。天井から下った裸電球の明りに、狭い部屋が浮かび上る。

しかし、どこにもラウルの姿はなかった。

「この血がラウルのものなら、生きていないんじゃないかな」

と、邦光が言った。

「でも、死体はないわ」

「確かに。——どうしますか？」

「警察へ届けるべきでしょうけど、昼間のパオロ神父のこともあるし……」

「そうですね。我々が何をしに来たのか、説明しなくちゃならないでしょう」

そうなると、靖代の行方を探したりしてはいられない。

「——ドアを叩いたけど、返事がないので、ホテルに戻ったことにしましょう」

と、亜由美は言った。「事情がはっきりすれば、説明できるわ」

「その方が良さそうですね」

と、邦光が肯いて、「じゃ、出ましょう」

邦光が先に寝室を出ると、亜由美は明りを消して、出ようとしたが――。

そのとき、窓が少し開いているのに気付いた。

両開きの窓だが、そう大きくはない。一杯に開ければ、人一人、通れるかもしれないが……。

窓へ歩み寄った亜由美は、窓を開けて外を覗いた。

ちょうど月が雲間に姿を見せ、青白い月光が、隣の屋根を照らしている。

そのとき――その屋根がガリガリとこすれる音を立てた。

レンガ造りの煙突のかげから――白い人影が現われた。

「え……」

亜由美は思わず声を出した。

そこには、月明りを浴びて、白い服を着た女性が立っていたのだ。

窓の所まで飛び上ったドン・ファンが、

「ワン！」

と、ひと声吠えた。

その女性が振り向いた。

亜由美は声が出なかった。

屋根に立っているその女性は、どう見ても日本人で、早紀の持っていた写真で見た、靖代に違いなかったのだ。

「まさか……」

しかし、声をかける間はなく、彼女の姿は屋根の向うへ消えてしまった。

「――幻じゃないよね」

と、亜由美は言った。「生きてたんだ！」

「クゥーン……」

ドン・ファンの声で我に返ると、亜由美は寝室を出て、立ちすくんだ。

部屋には、邦光だけでなく、ホテルの主人、ロッコがいたのだ。いや、妻のマリーも入って来た。

「邦光さん、これは……」

と、亜由美が言いかけると、

「この二人から、話したいことがあるそうですよ」

と、邦光は言った。

そして、ロッコとマリーが口を開いた。もちろん、邦光が通訳してくれたのだが。

「あの方を墓から掘り出したのは、私とマリーです」

と、ロッコが言った。「いえ、実際はマリーが。僕らはあの墓地でデートしていたんですが、そのとき、ベルが鳴り響いたんです。生きながら埋められた人が助けを求める、あのベルです。むろん、本当に鳴るのを聞いたのは初めてでした！」

「この人、逃げ出しそうにしたんです」

と、マリーが言った。「でも、助けなくちゃ、と私が言い張って。だって、生き埋めにされてる人の身になったら……」

「そうですよね」

と、亜由美が肯く。

「僕は、マリーとの仲がばれたら親父《おやじ》に殴られると思って怖かったんですが、マリーは堂々としていて。で、あの人を棺から救い出して、僕らは結婚したというわけです」

話が飛んでいるが、気持としてはよく分った。

「でも、真暗な棺の中で何時間も閉じ込められていた恐ろしさのせいで、あの人は半狂乱になっていました」

と、マリーが続けた。「そして、しばらく叫び続けた後、突然気を失ってしまったんです」

「僕が彼女をおぶって、村へ戻りました。何がどうなっているのか分らなかったので、家の裏にずっと使っていない納屋があって、そこへともかく運び込んだんです」

「三日近く眠り続けた後、あの人は目を覚ましました。でも、自分が誰で、どこから来たのか、何もかも忘れてしまっていたんです」

「恐ろしい経験をしたせいね」

と、亜由美は言った。「でも、ありがとう！あなた方が見付けてくれなかったら、靖代さんは死んでいたわ」

「本当に、助けられて良かったです」

と、ロッコが言った。「うちの親父は、若いころ、泥棒の疑いをかけられて、警察でひどい目にあわされたことがあったので、あの人のことも届け出るのをいやがったんです。で、納屋に古いベッドを運び、そこで元気になるまで面倒をみようということになりました」

「でも、体は元気になっても、記憶は戻らなくて」

と、マリーが言った。「村で話を聞くと、日本の旅行客が病気になって亡くなったという噂《うわさ》があったんです。どうやらその人らしいと思いましたが、死んでいることを確かめもせずに埋葬してしまうなんて、何かよほどの事情があったんじゃないかと思って、ずっと隠していました」

「それで良かったんだと思いますよ」

と、亜由美が言った。「でも、二年もの間ずっとかくまって下さってたんですね」

「こんな田舎《いなか》の村じゃ、一年二年なんて、アッという間なんですよ」

と、マリーが言った。「都会の方は、逆だと思われるようですけど、ほとんど何も起らない日々って、過ぎてしまうと凄く短いんです」

それは確かかも、と亜由美は思った。それにしても、どこの誰かも分らない人間を二年間にわたり、面倒をみてくれるとは、こういう田舎の人ならではのことかもしれない。

「それに、親父が一年前に亡くなったんです」

と、ロッコが言った。「びっくりしたのは、親父はベッドの下に、相当な額のお金を隠していたんです。少しずつ貯《た》め込んでいたのは知っていましたが、葬式の後で見付けて。それでマリーと相談して、ちょうど持主が年齢で、売りたがっていたあのホテルを買い取ることにしたんです」

「立派だわ。まだお若いのに」

「その準備やら改装やらで、毎日忙しくて、この一年もアッという間でした」

と、マリーは言った。「そして、あのホテルの中に、小さな隠し部屋を作って、そこにあの人を移したんです」

「え？」

亜由美は目を丸くして、「じゃ、あのホテルの中に靖代さんがいたの？」

「今度、日本の方が泊りにみえたので、もしかしたら、あの人を知っているかもしれないと思ってました」

と、マリーは言った。

「そうですよ！　私たち、あの靖代さんを捜しに来たんです」

と、亜由美は言った。「でも――問題は、靖代さんを生き埋めにしたのが、夫の片瀬に違いないってことだわ」

そのとき――。

「その言い方は正しくないね」

と、日本語が戸口から聞こえて来た。

「片瀬さん……」

片瀬が、拳銃を手にして立っていた。

「生き埋めにするつもりなんかなかったよ」と、片瀬は言った。「ラウルの奴《やつ》が、靖代に薬を飲ませるとき、量を間違えて、少なく飲ませてしまったんだ。それで、靖代は仮死状態になった」

「ともかく、財産目当てに靖代さんを殺すつもりだったのね！　ひどい人！」

「殺すのは一人も二人も同じさ。しかし、まさか靖代が生きてたとはね」

亜由美はハッとして、

「早紀さんは？　どうしたの？」

「ホテルの部屋で縛り上げてある。君の友人も一緒にね」

聡子……。ごめんね！

「でも、片瀬さん、どうするつもり？　ここにいる人たちを皆殺しにする？　どう説明するの？」

「なに、何とかなる」

「一人を撃てば、他の人があなたに飛びかかるわ」

「こっちも一人じゃない」

「え？」

片瀬の後ろから入って来たのは——何と、あの神父ミカエルだった！

「あなた……。じゃ、神父は二人とも偽者だったのね！」

「この男は私の部下でね」

と、片瀬が言った。「神父の格好が似合うだろう?」

ミカエルも拳銃を構えていた。

「あの墓地に用があってね」

と、片瀬は言った。「あんな墓地にやって来る人間はいない。古い墓の中に、棺に詰めて、銃を隠してある。高く売れるんだよ、特に日本には」

「隠し切れないわよ! 殿永さんはあなたのこと、怪しいとにらんでるんだから!」

「怪しいだけでは逮捕できないよ」

と、片瀬はニヤリと笑って、「君や友人には、ここの墓地で眠ってもらおう。誰も捜しに来ないさ」

片瀬がミカエルに何か言うと、ミカエルが奥の寝室へ入って行き、すぐに出て来た。

「——何だと?」

片瀬がミカエルの言葉に眉をひそめて、「おい、ラウルをどこへやった?」

亜由美は気付いた。——靖代は何もかも思い出していい、出しているのだ。

それで、ラウルを連れ出した。あの血はおそらく、ラウルのではないだろう。

「あんたに殺される前に、ラウルは何もかも白状するわよ」

「大丈夫。警察には充分金をつかませてやる」

と、片瀬は言ったが、表情には不安な様子が見えていた。

そのとき――ドン・ファンがパッと駆け出すと、ミカエルの足下を駆け抜けた。

「ワッ！」

ミカエルがびっくりして飛び上る。

そして――銃声がした。外で。

ミカエルが拳銃を取り落とし、右腕を押えてうずくまった。

「誰だ！」

片瀬が振り返る。すかさず、マリーが片瀬に体当りした。

片瀬が引っくり返ると、亜由美はその上に飛び乗った。両膝に体重をかけ、片瀬のお腹に着地すると、「ウッ！」と呻いて、片瀬は拳銃を手から落としてしまった。

「やったね！」

亜由美はマリーと握手した。

「やれやれ。女は強いですな、世界中、どこでも」

と、日本語が聞こえて、拳銃を手に入って来たのは――。

「殿永さん！」

亜由美は目を丸くして、「どうしてここにいるの？」

「東京の柏木が逮捕されましてね」

と、殿永は言った。「あなたを日本へ戻らせるために、お母さんを事故死させようと人を雇ったんです」

「え? で、母は——」

「ご心配なく。逆にその男が清美さんに救われて、白状しました。辿って行って、柏木を無事逮捕したわけです」

と、殿永は言った。「それで、この片瀬のことも分りましてね。私にも出張旅費が出ることになったので、早速やって来たというわけです」

「いいところへ! 珍しいわね」

「皮肉はやめて下さい」

「聡子と早紀さんが——」

「大丈夫。ホテルでお待ちです」

「良かった! 聡子に恨まれるところだったわ」

亜由美は、ドン・ファンを見て、「あんたは、このマリーさんが好みじゃないの?」

「クゥーン……」

と、ドン・ファンは甘い声を洩らして、マリーの足下へと駆けて行った……。

エピローグ

「お姉さん！」

早紀が靖代に駆け寄って、しっかりと抱きつく。

ホテルのロビーで、感動の対面を果した二人だった。

「ごめんね、連絡しなくて」

と、靖代は言った。「半年くらい前から、記憶が戻って来たの。でも、まさかあなたが片瀬と結婚してるとは思わなくて」

「生きてるって信じてた！」

と、早紀は涙を拭って、「亜由美さん、ありがとう！」

「礼はロッコさんとマリーさんに。このホテルをひいきにしましょうね」

と、亜由美は言った。「ね、聡子。――聡子？」

見れば、聡子は「怖かった！」と訴えて、邦光の胸にすがっている。

「全く、もう……」

――日本へも電話して、母と話した。

清美が、自分を殺そうとした男の子供を助けて、感謝されたいきさつを聞き、

「お母さんらしい」

と、つい笑ってしまった。

あれこれあって、一同は徹夜して朝を迎えた。マリーが、朝食を用意してくれて、みんながハムとチーズを味わった。

「ラウルは、パオロ神父に化けたテオドールという男が射殺されたので、次は自分が危ないと思って、隠れることにしたんです」

と、殿永が言った。

「私が危険を知らせたの」

と、靖代が言った。「ニワトリの血をベッドにまいて、窓から抜け出した。今ごろ警察でしょ」

亜由美は、いれたてのコーヒーを飲んで、

「おいしい!」

と、息をついた。「――そうだ」

亜由美は思い付いて、

「私たちに、早紀さんと一緒に行ってくれと頼んで来て、飛行機代まで出してくれたのは、誰かしら?」

「まあ、それは……」

と、靖代が言った。「ね、早紀」

「え?」

「それ、きっと谷山先生よ。前から早紀のこと、好きだったから」

「あ……。でも……違うと思うけど……」

早紀があわてて言った。

「谷山先生が早紀さんを?」

亜由美の顔から笑みが消えた。

「違うわよ。ねえ」

あれは谷山の声だったろうか？　それとも谷山が誰かに頼んでやらせたのか？

それにしても「前から好きだった」というのは……。

「きっと他の先生よ」

と、早紀が言った。「私、も、て、るから」

「そうですね」

と、亜由美は真顔で言った。「東京へ帰って、本人にじっくり話を聞きます」

そして、ドン・ファンの方へ、

「新しい楽しみができたわ。あんたも協力してよ」

と、声をかけた。

「ワン！」

ドン・ファンも愉《たの》しげにひと声、吠えたのだった……。

花嫁は滝をのぼる

プロローグ

ザッと茂みをかき分けると、突然前が開けた。

「わあ」

と、女子大生が言った。

「きれいだな！」

今まで、もっぱら女の子のセリフだった、「きれい」という言葉が、男子学生の口から飛び出した。

暑い。疲れる。

道、間違えてねえか？　お前、頼りにならねえからな……。

みんな、口々に文句を言うばかりだったのが、こうして目の前に広い水場が現われ、その先に、想像を遥《はる》かに超える堂々たる滝が轟音《ごうおん》をたてて落下しているのを見ると、誰もが圧倒されてしまったのだ。

「わ、滝から水しぶきが飛んで来る！」

と、女の子が声を上げた。「気持いい！」

「ああ……。冷たいな」

みんな、汗だくになっていたから、細かい霧のような水しぶきが、肌に心地《ここち》良かったのである。

「――だけど、服が濡《ぬ》れるぜ」

と、一人が言った。「カッパ、はおった方が」

「そうね。滝の近くに行くんだから」

みんなが、リュックからビニールのカッパを取り出してはおる。

「行きましょ！」

河原《かわら》の石を踏みながら、元気よく滝へ向って歩き出す。

つい今まで、「疲れて歩けない！」と言っていた当人が、真先に進んで行くので、他の面々はびっくりしていた。

男女四人のグループ。

滝に向って、先頭を切って歩いて行くのは、かの有名な（?）塚川亜由美《つかがわあゆみ》である。

そして、もう一人の女の子が、その親友神田《かんだ》聡子《さとこ》。


いつもなら、塚川家の二階の亜由美の部屋で、ゴロ寝を決め込んでいる二人が、柄にもなくこうしてハイキングに来たのは、大学での体育の単位を取るため。

四人以上のグループを作って、どこか山を登るか、キャンプするか、という条件。

担当の准教授としては、各学生の「自主性を尊重する」という名目で、自分は楽ができる、というわけで、夏休み前の、土日、各学生たちは、

「いかにして楽をして、課題をクリアできるか」

と、頭をひねった挙句、各地へ散っていた。

この〈森林浴コース〉と名付けたルートを考

えたのは、亜由美たちについて来ている男子学生の一人である、山田久士《やまだひさし》という二十歳の学生。

もちろん、亜由美と友人ではあるが、亜由美が准教授の谷山《たにやま》と付合っていることは知っている。

もう一人の大澤忠司《おおさわただし》は、山田に引張られてやって来た。四人の中では一人、肥満気味。従って、滝へ向う足取りは重く、

「昼飯、食おうぜ」

と、力なく主張していた。

「――凄《すご》いね！」

と、亜由美は滝のそばへ来て足を止めると、言った。

細かい水しぶきで、目を開けていられないほど。

「高さ、五十メートルだっけ？」

と、聡子に訊《き》いたが、水音にかき消されて聞こえていない。

水量が多いせいで、大変な迫力である。

「――疲れがとれる」

と、普段は「自然と接する」趣味の全くない神田聡子でも、今は爽やかさに身を任せているのだった。

「連れて来りゃ良かった」

と、亜由美が言って、聡子が、

「連れて来るって言ったの？　谷山さん、こういうの好きだっけ？」

「違うわ。ドン・ファンよ！」

聡子は笑って、

「絶対いやがると思うけど」

と言った。

そのとき、山田が滝の上の方へ目をやって、

「――あれ何だ？」

と、声を上げた。

「山田君、何か言った？」

「あれ……。見て！」

山田が指さす方へ目をやって……。

「誰かいる」

と、亜由美は言った。

滝が一気に落ちてくる、その傍《そば》の岩の上に、
誰かが立っていたのである。

「危くない？」

と、聡子も見て言った。「滝に落ちたら……」

若い女らしく見えた。白っぽいシャツとショートパンツのような格好。

「何してるんだろ？」

と、山田は言った。「あんな所まで上れるのかな」

そう話している内に、その女の子は、岩から、滝へと身を躍らせたのである。

「あ……」

誰もがポカンとしていた。

あまりに突然だった。滝がその女の子を呑《の》み込んで、一瞬で見えなくなる。

「――亜由美」

「うん……。滝と一緒に落ちて来たね」

「でも……あの勢いだよ！」

「助けなきゃ！」

山田が靴を脱ぐと、駆け出して行って、水の中へと飛び込んだ。

「山田君！」

亜由美はびっくりしたが、「聡子、これ持って」

カッパを脱ぐと、亜由美も靴を脱ぎ捨てた。

「亜由美！　どうするつもり？」

「山田君だけじゃ危い」

滝の水圧で、あの女の子は浮き上れないだろう。そこから救い出すのは大変だ。

「ちょっと！」

と、聡子は大澤の方へ、「あんたも行きなさいよ！」

「え……。僕……泳げない……」

その間に亜由美も水へと飛び込んだ。

冷たい！　――ともかく滝へと向って泳いで行く。

しかし、滝の勢いで、体が押し戻されてしまう。山田が潜るのが見えた。

亜由美も思い切り息を吸った。

そして水に潜ったが、滝の落下した水の勢いで白く泡立っていて、ほとんど何も見えない。

このままじゃ――。

そのとき、亜由美は目を疑った。

山田が若い娘を左腕で抱きかかえて、泳いで来たのだ。

水面に顔を出して、息をつくと、山田が娘を抱いて水からザッと現われた。

「山田君、凄いね！」

と、思わず言った。

「早く河原へ」

「ええ」

亜由美は河原に立つ聡子の方へ、力一杯泳いで行った。

1　水の記憶

「僕、海辺の町の生まれで」

と、山田が言った。「中学出るまで、ずっとその町にいたんで、泳ぎだけは得意なんだ」

「びっくりしたわ」

と、亜由美は言った。「あの水圧の下で、よくあの子を助け出したわね」

「水圧に押されて、少しこっちへ出て来てたから」

「でも、あのままだったら死んでたわよ、あの子」

そう言って、亜由美は、「ハクション！」

と、クシャミをした。

「亜由美、濡れたままじゃ、風邪《かぜ》ひくよ」

と、聡子が言った。

「うん……。何か着るもの買ってくる。山田君も来る？　まだしばらくかかるわよ」

——助けた女の子は、とりあえず水を吐かせたが、意識を失ったままだった。

亜由美が、

「ここは思い切りコネを使う」

と、親しい殿永《とのなが》部長刑事へケータイで連絡、

「一刻を争うんです！」

と、半ばおどして、ヘリコプターを来させることに成功したのである。

おかげで、三十分ほどでヘリが河原へやって来て、全員をこの病院へ運んで来た。

「お疲れさま」

と、看護師がやって来ると、「あの女の子は、多少の打撲はありますが、命に別状ありません」

「良かった。——じゃ、山田君」

亜由美は山田を促して、病院を出た。

「少し先に、大きいスーパーがあったよね。着るもの買って、着替えよう」

と歩き出すと、車のクラクションが鳴った。

振り向くと、車が近付いて来て、

「お出かけですか」

と、殿永が顔を出した。

「助った！　スーパーまで乗せて」

と、亜由美は言った……。


「相変らずですね」

という殿永へ、亜由美は、

「お願い！　お決りのセリフはやめて下さい」

と言い返した。

――スーパーで、下着から一揃《ひとそろ》い買って、着替えたので、やっと落ちついた。

山田の方は、それでも、何度かクシャミをして、

「ちょっと風邪ひいたかなあ」

と、グスンとはなをすすっている。


スーパーの中のパーラーに入った亜由美たちは、甘いものを食べて、エネルギーを補給することにした。

もちろん殿永は別である。

「いや、亜由美さんのせいにしてはいませんよ」

「当り前です。これは単なる人助け」

と、強調する。

「詳しい事情を聞かせて下さい」

と、殿永はコーヒーを飲みながら、「何しろ、ヘリの出動を依頼した立場がありますのでね」

強引に殿永に頼んだという思いがあるので、亜由美もそこは素直に、

「あの滝です」

と、状況を説明したが、「あの女の子がどうして滝へ飛び込んだのか、それは分りません」

「それは当人から聞くしかないですね」

と、殿永は言った。「大体、十五、六の女の子と聞いていますが」

「見たところですけど。――あの滝の上って、上れるようになってるんですか?」

「いや、観光用に道などはないはずです」

「じゃ、あの子は、どうにかして、あそこまで上ったことになりますね」

「むろん、他の方向から山を登って、あの滝へ出ることはできるでしょう。しかし、お話では、女の子自身が飛び込んだということですね」

「自分で飛び込んだのは確かですけど……」

と言いかけて、亜由美は言葉を切った。

「――どうしました?」

「いえ……。また殿永さんに笑われるけど」

「亜由美さんが、どんなに無茶なことを言っても、笑ったことはありません」

と、殿永は抗議した。

「それはともかく……」

と、亜由美は考えながら、「ね、山田君。あなたが初めにあの子に気が付いたでしょ」

「ああ……。そうだね、たぶん」

「あの子、後ろを気にしていなかった?」

「後ろを?」

「つまり、誰かに追われて、あそこに追い詰められたんじゃないかってこと。私、あの子の様子に、ちょっとそんな気がしたんだけど」

「そうか……。うん、チラッとだけど、後ろを振り返っていたみたいだ」

と、山田は肯《うなず》いた。

「もしそうなら……」

と、亜由美は言った。「あの子は誰かに追われて、あの滝の上に追い詰められたのかも。そして、逃げ場を失って、目の前の滝へ飛び込んだ……」

殿永が肯いて、

「ほらね」

と言った。「私が何も言わなくても、亜由美さんが犯罪を作り出してくれる」

「ともかく、あの女の子の意識が戻ったら、話を聞きましょう」

車を降りて、殿永が言った。

亜由美たちを病院へ送って来たのである。

しかし、病院へ入ると、

「亜由美！」

と、神田聡子が駆けて来た。

「どうしたの？」

と、亜由美が目を丸くする。

「あの女の子が、消えちゃったの」

「消えた？」

「いなくなっちゃったのよ！　今、看護師さんたちが捜してるけど」

——亜由美たちが、その病室へ行くと、

「いつの間にかいなくなっていて」

と、看護師が肩をすくめて、「こっちも忙しくて、見張っていられませんし」

「分ります」

と、殿永は言った。「意識を取り戻したんですね?」

「たぶんそうだと思います」

と、看護師は言った。「でも、あの子と話したりはしていません。ともかく見ていた限りでは、まだ眠っていたんです」

――看護師も、それ以上のことは知らなかった。

都心の病院とは違って、看護師の人数も多くない。一人一人をずっと見ていられないのは当然と思えた。

空になったベッド。

「問題は、自分で姿を消したのか、それとも誰かが連れ出したのかね」

と、亜由美が言った。

「連れ出したら、目立つでしょ、いくら何でも」

と、聡子が言った。

「でも、患者を眠らせたまま、ストレッチャーで運べば、分らないわよ」

山田がふと気付いて、

「大澤の奴《やつ》、どこに行ったんだ?」

「聡子、知らないの?」

「私、見てないわ。何だか――お腹空《なかす》いたって言ってたから、何か食べに行ったんじゃない?」

少女はTシャツにショートパンツという格好だった。——もちろん、濡れていたので、着替えさせている。

「どうかしたのか?」

と、声がして、大澤が戻って来た。

「おい、あの女の子がいなくなった。見かけなかったか?」

と、山田が訊くと、

「ええ? それじゃ、やっぱり……」

「見たのか?」

「いや……。はっきり分んないけど、食堂から戻って来るとき、ちょうどこの前のバス停で、看護師の白衣のままでバスに乗るのがいて。——それがチラッと見ただけだけど、あの女の子と似てるな、と思ったんだ」

「そのバスはどっち行き?」

と、亜由美は訊いた。

「ええと……。向うへ行ったから、たぶん、駅の方向じゃないか」

「手配します」

と、殿永が病室から駆け出して行く。

しかし、結局少女は見付からないままだったのである……。

2　幻の女

「畜生……」

と呟《つぶや》いて、会田《あいだ》はビルの通用口から中へ入った。

大して意味のない「畜生」は、口ぐせになっている。朝のラッシュアワーの電車にも、回ってくる伝票の処理にも、「畜生」はつきものだった。

ビルのロビーは、ガランとして人の気配がない。

もう夜の九時を回っている。

このところ、社の幹部がうるさくて、九時過ぎまで残業している者はほとんどいない。

「残業を禁止する」

というなら、仕事を減らしてくれなければいけない理屈だが、仕事の量も、期限も変らないのだから、要は、

「残業手当を出さない」

というだけのことだ。

会田はエレベーターで、十五階へと上って行った。

いつものバーで飲んでいて、明日の朝一番で処理しなければならない伝票があったことを思い出したのである。

しかし、明日の朝は午前九時から会議。そうなると、今夜の内に片付けておかないと……。

「酔いもさめちまうよ……」

と、ついグチが出る。

三十五歳の独身。急いで帰りたくなる家があるわけではないが、それでも——。

「あれ?」

オフィスへ入って行くと、作業着を着た女性が、モップを手に床を掃除している。

「あ、どうも」

と、会田を見て、「お仕事ですか?」

「ああ。——こんな時間まで掃除してるの?」

「ええ。以前は三人のチームだったんで、七時ごろに終ったんですけど、今は二人なので」

と、その女性は言った。「それも、今夜は一人休んじゃったんです」

「じゃ、君一人? 大変だね」

同じくらいの年代か。会田は気軽に口をきいた。

自分の机に向うと、パソコンを立ち上げ、キーボードを叩《たた》く。

仕事は、七、八分で終った。

「やれやれ」

と、伸びをして、帰ろうかと立ち上る。

そして——あの清掃の女性が、床にうずくまっているのを見て、びっくりした。

「おい! 大丈夫か?」

駆け寄って起こすと、血の気のひいた顔で、

「すみません……。あんまり眠ってないもので……」

と、かすれた声を出す。

「少し休まないと。——立てるか？」

抱きかかえるようにして、会田はその女性を、応接室へ連れて行った。

「ソファで横になるといい。——誰も来やしないよ」

「ありがとうございます……」

と、ソファに寝て、苦しそうに息をつく。

「もう……大丈夫です。お帰りになって下さい」

「いや、どうせ一人だから、急ぐこともないんだ。水でも飲む？」

「バッグにペットボトルが……」

「バッグ？　どこだい？」

——会田は、自分がこんなに面倒見のいい人間だとは思ってもみなかったが、ともかく一時間近く、その女性に付き合って残っていた。

「——申し訳ありません」

やっと顔色の戻った女性はソファに起き上って、「もうすっかり……。掃除を終らせてしまわないと」

頭にかぶっていた布を取っていて、見ると若々しい顔立ちである。

「君……昼間も働いてるのかい？」

「ええ。パートを三つ、かけ持ちしています」

「三つも？　それで夜は掃除？　大変だね」

「子供がいるので……。小学生ですから、家で一人でいられますけど、生活はぎりぎりで」

話には聞くが、一応正社員の会田にとっては、とても想像のつかない暮しのようだ。

「色々ありがとうございました」

と、彼女は立ち上った。

「君、名前は？」

自分でもよく分らず、名を訊いていた。「僕は会田というんだ」

「私、高野《たかの》です。高野良子《りょうこ》。――夫に逃げられて旧姓に戻りました」

と言って笑った。

その笑顔がハッとするほど可愛《かわい》くて、会田はドキッとした。


「じゃ、どうも……」

と、会釈して応接室を出て行こうとする高野良子に、会田はその肩をつかんで振り向かせると、抱き寄せてキスしていた。

――何だ？　俺は何してるんだ？

自分でびっくりしている。

「あの……」

と、彼女は目を見開いて、「可哀《かわい》そうに思って下さるんですか」

と言った。

「いや……。ただ急に……。ごめん！」

「そんなこと……」

赤くなって、高野良子は駆け出して行った。

「クシュン！」

山田久士は、たて続けにクシャミをして、ハンカチで鼻を拭くと、

「やっぱり風邪かな……」

と呟いた。

まあ、あんな冷たい谷川の水へ飛び込んだりしたのだから、風邪ぐらいひいても仕方ないけど。ともかく、女の子の命を助けたことは確かで、それに比べたら、風邪ぐらい……。「でも……クシュン！」

やっぱり、風邪ひかないに越したことないよな……。

でも、塚川さんって面白いな……。

大学生なのに、刑事と親しくて、あの大柄な——殿永っていったっけ——刑事との話を聞いてると、今までも、結構色んな事件に巻き込まれてるみたいだ。

今度、ゆっくり話を聞いてみたい。

山田久士は、夜の十一時ごろ、駅から自宅への道を辿《たど》っていた。

大学での体育の単位については、亜由美が、

「いかに命がけで人助けをしたか！」

をドラマチックに説明して、無事認めてもらうことができた。

もっとも、山から戻るのにヘリコプターを使ったことは話さなかった……。

しかし、あの女の子、どこへ行っちゃったんだろう？

誰かに追われていたとしたら、病院からも逃げて身を隠さなくちゃならなかったのかもしれない。

「まあ、そこまでは関係ないや」

と、山田久士は呟いた。

久士の家は、郊外の住宅団地である。一戸建の大体同じくらいの広さの住宅が、予《あらかじ》め決められた区画にズラッと並んでいる。

私鉄の駅から歩いて十五分くらい。その内、バスが走ることになっているが、どうも当初の予定ほど住人が増えていないらしいのだ。

少し寂しい道だった。——一応自動車道路はあるのだが、車が通ることはめったにない。もう少しだ……。

風が湿っていて、雨が降りそうだった。久士は足取りを速めた。

すると——後ろから車のライトが久士を照らした。

こんな時間に珍しいな。

久士は少し道の端の方へ寄った。

車は久士のそばを走って行くと、少し先でキッと停《とま》り、誰かが車から降りて来た。

スーツにネクタイという、ビジネスマン風の男で、車の中には他に二人くらい乗っていそうだった。

その男は、明らかに久士に用があるのだった。周りには他に誰もいなかったからだ。

男は真直《まっす》ぐに久士の方へやって来ると、

「山田久士君だね」
四十五、六といったところだろうか。ごく当り前のビジネスマンという印象だが、こんな場所で久士を呼び止めるのは、普通のことではない。
「――そうですけど」

と、久士は言った。

「君が山で助けた女の子のことで、訊きたいんだ」

「え……。あの……滝から落ちた……」

「そうだ。君が助けてくれたそうだね」

「僕一人じゃなくて、大学の仲間たちが一緒に――」

と言いかけたが、相手は聞いていなかったようで、

「あの女の子はどこへ行った？」

と訊いたのである。

久士は面食らった。

「知りません。話もしなかったし……」

「病院から姿を消したそうだね」

「ええ……。でも、どこへ行ったか、なんて……」

「何も知らない？」

「そうです」

「では――誰が知ってるのかな？」

何だか、相手の口調が怖くなって来たのを感じた。

こいつ、見た目と違って、中身は危い奴かも、

と思った。

「知りませんよ。警察の人が手配してましたけど……」

と、久士は言った。「あの女の子のこと、どうして捜してるんですか?」

余計なことは訊くな、と自分へ言い聞かせていたが、つい言ってしまった。

「女の子の身許《みもと》は、君の知ったことではない」

と、男は言った。「助けたとき、女の子は君に何か言わなかったか?」

「だって、気を失ってて――」

「ひと言も? 本当に口をきかなかったのか?」

男が段々近付いてくるので、久士はつい後ずさりした。――何だよ、こいつ!

「ひと言も」

と、強く首を振る。

「――そうか」

と、男は大きく息を吐いて、「しかし、女の子の顔は憶《おぼ》えてるな?」

「顔? ――でも、よく分りませんよ」

じっと目を閉じて眠っている顔は、表情というものがないから、印象に残らないのだ。

「いいだろう」

と、男は少し穏やかな口調に戻って、「もし、あの女の子のことで何か聞いたら、私の所へ連絡してくれ」

男はポケットからカードを一枚取り出して久

士に渡した。——名前も何もなく、ケータイ番号だけが書かれている。

「分ったかね?」

「——ええ」

「誰より先に、私の所へ。いいね」

「はい」

「よろしい」

男は久士の肩をポンと叩いて、車へと戻って行った。

車が走り去って行くのを、久士はずっと見送っていた。そして赤いテールランプが見えなくなるとホッと息を吐いた。

背中を冷汗が伝い落ちて行った……。


「なあに、それって?」

山田久士の話を聞いて、亜由美はそう訊き返していた。

「分んないよ、僕だって」

と、久士は言った。「でも、怖かった!」

大学の学食で昼を食べながら、山田久士はあの怖い思いを亜由美に話して聞かせた。

あの夜から三日たっていたが、今でも思い出すとゾッとする。

「あの女の子を捜している怪しい男か……。その後も何も連絡ないから、あの子、消えたままなんだよね、きっと」

「だけど、人を助けて、怖い目にあうって、かなわないね。塚川君て偉いな」

「何よ、急に」

「これまで散々そういう目にあって来てるんだろ？」

するると、

「この子は、それが趣味なの」

と、神田聡子が同じテーブルにやって来た。

「趣味じゃないわよ。ただ――いつも何となくそうなっちゃうのよ」

と、亜由美は言い返した。

「同じようなもんでしょ」

と、聡子もランチを食べ始めた。

「山田君。そのケータイ番号、教えてくれる？」

と、亜由美は言って、久士があの男から受け取ったカードを見ると、その番号を自分のケータイへ登録した。

「殿永さんに、この番号を伝えて、何か分るか、調べてもらう」

と、亜由美は言った。

すると、そのケータイが鳴って、

「殿永さんだ。――もしもし、亜由美です。今、噂《うわさ》を」

と言って、「――本当ですか！　それで……」

深刻な表情になった。聡子も食べる手を止めていた。

「――分りました」

と、亜由美は肯いて、通話を切った。

「亜由美……」

「大澤君が死んだ」

亜由美の言葉に、他の二人はしばし絶句していた。

「――どうして?」

と訊く、久士の声はかすれていた。「まさか……」

「車にはねられたって」

「事故?」

「どうもそうじゃないみたい。夜、帰り道で、空《す》いた道なのに、大澤君が脇へ寄ったところを、わざわざ狙ってる」

「殺された?」

「あいつらだ!」

と、久士は言った。「きっとそうだよ。大澤の所へも行ったんだ」

「殿永さんと話すわ。山田君、一緒に来てくれる? その男の顔を見てるんだから」

「うん……分った」

と、久士はまだ信じられない様子だった。

三人が学食を出ると、

「やあ、どうも」

という声がして、やたら太った男が、ハイヤーに乗り込むところだった。

「あれって……」

と、久士が言った。「もしかして、元総理?」

「他にいないでしょ、あんなに太った人」

と、亜由美が言った。「しかも見送ってるのは、わが学長」

深々と頭を下げて車を見送っているのは、この大学の学長と副学長の二人である。

車はいかにも重そうに走り出した。

「北山《きたやま》っていうんだっけ?」

と、聡子が言った。

「元の総理大臣の名前くらい、憶えときなよ」

「だって、見た目の印象が強烈で、名前忘れちゃう……」

「だけど、うちの大学に何の用だろ?」

と、久士が言った。

「あんまり嬉《うれ》しくなるような用じゃないことは確かでしょうね」

と、亜由美は言って、「さ、それより、大澤君のこと。行きましょ」

と、他の二人を促した。

3　友情

「なるほど」

殿永は山田久士の話を聞くと、「その男はなぜ女の子を捜しているのか、言わなかったんだね？」

「ええ、何も」

と、久士は首を振って、「ただ、誰が知ってるんだ、って訊くだけで」

「しかし、大澤君は車にはねられている。山田君には、女の子のことを訊いたが、大澤君には何も訊いていない」

「それは……そうですけど」

「でも、殿永さん」

と、亜由美は言った。「もしかしたら、大澤君はその前に訊かれてたのかもしれないわ」

「なるほど。それはそうですね」

と、殿永は言って、「ともかく、山田君が受け取った、このケータイ番号が誰のものか、調べてみよう」

「あの――でも、僕が刑事さんに教えたって分ったら、あの男がまた……」

「大丈夫。知られずに調べられるよ」

「そうですか」

と、久士はホッと胸をなで下ろして、「僕って気が小さいから、今でも怖くて」

「私と一緒だ」

と、亜由美が言うと、一瞬、間を置いてみんなが笑った。

「何よ、失礼ね」

と、亜由美はふくれて見せたが、自分でも笑わせようとしたわけで、「——私、ケーキ食べよう」

殿永と待ち合せたのが、「甘みを抑えたケーキ」で人気の店だったのは偶然ではなかった。

殿永は席を立って、あのケータイ番号を調べさせるよう連絡しに店の表に出て行った。

「——でも、大澤君、気の毒だったね」

と、聡子が言った。

「お通夜か告別式には行こうね」

と、亜由美は言った。

「もし、本当に大澤が殺されたんだったら……」

と、久士は沈んだ口調で、「僕があの女の子を助けたせいかもしれない……」

「そんなこと考えちゃだめよ。それは立派なことよ」

したんだから。それは立派なことよ」

亜由美の言葉に、久士はちょっと感謝するように微笑《ほほえ》んだ。

三人が、それぞれ好みのケーキを選んで食べていると、殿永が戻って来た。

「——分ったんですか?」

と、亜由美が訊くと、殿永は妙に難しい顔を

して、

「分ることは分ったんですがね……」

「どうしたんですか？」

「いや……。このケータイの持主はね、刑事だったんですよ」

誰もが愕然《がくぜん》とした。

「でも……ひと言も、そんなこと……」

と、久士が言った。

「分ってます。――矢ノ原《やのはら》という、公安の刑事でね」

「公安の？」

と、亜由美は言った。

「公安の人間は、身分を明かさないこともある。――山田君を調べる理由はないと思うが、公安の考えは分らない」

「係《かか》り合わない方がいいわ」

と、亜由美は言った。

「もちろん、僕は係り合いたくないよ」

と、久士は言った。

「でも、そうなると、大澤君を車ではねたのは他の誰かってことね」

と、聡子が言った。

「それだけじゃないわよ、聡子」

「え？」

「あの女の子を助けたのは、私たち四人だった。私と聡子の所にも、公安の刑事がやって来るかもしれないってこと」

「そうか！」

聡子は初めて気付いて、ケーキをフォークで刺したまま、固まってしまった……。

「乾杯！」

という声と共に、一斉にシャンパンのグラスが上った。

そして拍手が宴会場に響いた。

立食でのパーティは珍しくないが、珍しかったのは、料理がどんどんなくなることだった。普通こういうパーティでは、飲物が主で、料理は余るものだが。

「おい、料理がなくなりそうになったら、どんどん追加しろ」

と言ったのは、北山透《とおる》だった。

「はい、総理」

秘書がすぐにホテルの責任者のところへ駆けて行く。

「やっぱり、運動選手はよく食うな」

と言って、北山は笑った。

「本当ですね」

立食パーティとはいえ、巨体の北山は会場の奥にしっかりした椅子を置いて座っていた。

北山のそばに、忠実な番犬のごとく立っているのは、派手な赤いブレザーの小柄な男だった。汐見弘介《しおみこうすけ》。——かつて、オリンピックのレスリングで金メダルを取った男だ。

今、日本のスポーツ界を動かしている人間の一人である。

「汐見さん、どうぞ召し上って下さい」

と、北山のそばへやって来たのは、スーツ姿のスラリとした女性で、「ここは私がいますから」

「では、お言葉に甘えて」

汐見が料理のテーブルへ突進すると、

「タフですね、汐見さんは、いくつになっても」

北山の個人秘書、高野《たかの》さとみは言った。

「ここのローストビーフは旨《うま》いからな」

と、北山は言った。

壇上には、大きなパネルが下っていた。

〈世界陸上大会結団式〉

北山がリーダーシップを取って、日本での開催を推進して来た一大イベントである。

「マスコミは来てるか」

と、北山は、さとみに訊いた。

「はい、ほとんどのTV局が」

「よし。ニュースでどれだけ流すか、チェックしておけよ」

「分りました」

「それと――あの何とかいうキャスター。この大会にケチをつけとったな。黙らせろ」

「手は打ってあります」

「全く！　愛国心のない奴だ」

――実際のところ、この大会は二年連続アジアで開かれていて、次はヨーロッパで、という流れだった。

それを強引に日本へ持って来たのが北山であることは、報道されなくても、誰もが知っていた。

「これは、総理」

と、ウイスキーのグラスを手にやって来たのは、スポーツライターの玉本吾朗《たまもとごろう》だった。「盛会ですな、全く」

「うんと盛り上げてくれよ」

「もちろんです！　何しろ日本人はイベントさえやってればご機嫌ですから」

と、玉本は笑って言った。

——元総理であっても、一度でも「総理」だった人間は、いつまでも「総理」と呼ばれたがる。

北山は七十五歳。自分の後に、何人も「総理」はいたが、今でも「俺以上の奴はいない」と思っている。

まあ、どの「総理」も、たいてい「自分が一番」と思っているのである。

しかし、実際、北山は今も保守政党の中で隠然たる力を持っている。七十五歳なら、日本の場合、まだまだ現役でいられるが、北山は、見た目に明らかな肥満体型のせいもあって、いくつも病気を抱えているので、「影の総理」と呼ばれる立場で満足していた。

そして、政界引退の「花道」として発想したのが〈世界陸上大会〉を日本へ持ってくることだった。開催国に立候補する国はいくつもあったが、北山はあらゆるつてを利用して、立候補を取り下げさせたり、他国のマイナスイメージを、マスコミを使って流した。

　加えて——言うまでもなく——つての効かない国に対しては、「金」にものを言わせた。

　高速道路の建設、空港工事、下水道……。方々に資金援助で大金を注《つ》ぎ込んだ。もちろん、税金を使うのだから、北山の懐は痛まないのである。

　そして、狙い通り、日本での開催に持ち込んだ。

　さすがに、そんな北山のやり方を批判するメディアもあったが、「裏の勢力」を使って黙らせた。

　そして、東京の郊外に、この大会のために新たな競技場を作らせた。建設会社や関連の企業は潤い、大会のスポンサーに名を連ねた……。

　今、大会は三か月後に迫っていた。この〈結団式〉が、大会への関心を盛り上げてくれるはずだ。

「——おい、さとみ」

と、北山は秘書へ言った。「そういえば、お前の姉さんはどうした？　亭主と別れて大変だとか言ってなかったか？」

　こんな所で話すことでもないようだが、北山の年齢では、「思い出したとき」に言っておかないと、次はいつ思い出すか分らない。

「ええ。今度の大会の事務所に、って先生がおっしゃって下さったので、話してみたんですが」

と、高野さとみは言った。「人の助けは借りない、って言って。ビルの清掃とか、いくつもパートをこなしてるみたいです」

「ほう。今どき珍しいな」

「頑固なんです。子供はもう十歳になるんでいい加減折れて来ればいいのに」

と、さとみは肩をすくめて、「会うとすぐ喧《けん》嘩《か》になっちゃって」

「まあ、気が変ったら、いつでも事務所で雇ってやる」

「ありがとうございます！　姉に伝えておきますわ」

と、さとみは言った。

亜由美は大澤の告別式に出て、聡子と二人、帰るところだった。

二人とも言葉は少なかった。

「やっと二十歳だよ」

と、聡子は言った。

「うん……」

「やり切れないね」

亜由美も同感だったが、言葉にする気になれなかった。

人の命を奪う。——今は人の命が軽くなっているとはいうものの、亜由美は怒りをじっと押し殺していた。

——工事現場のそばを通っていた。

「ワン」

と、聞き慣れた声がして、

「ドン・ファン！　何してるの、こんな所で」

と、亜由美は駆け寄った。

「クゥーン……」

と、ドン・ファンが甘えた声を出し、

「ちょっと散歩したそうだったのよ」

と、母の清美《きよみ》が言った。

というより、亜由美が落ち込んでいると思ってのことだろう。

「ありがとう」

と言って、亜由美はドン・ファンの頭をなでた。

そのとき、ドン・ファンが上を見上げて、

「ワン！」

と、激しく吠《ほ》えた。

「え？」

亜由美が見上げると、工事中のビルから、何かがバラバラと落ちて来た。

「聡子、危いよ！」

と、聡子の腕をつかんで引張る。

「ワッ！」

聡子が転びかける。

そして、聡子がたった今まで立っていた場所に、鉄骨が数本落ちて来て、音をたてて跳ねた。

「キャッ！」

と、聡子が飛び上る。

「誰かが落としたんだわ！」

亜由美は黒のスーツのまま、工事現場へと走り込んだ。

しかし――トラックが行手をふさぐように停っていて、

「誰かいないの？」

と、怒鳴ってみたが、返事はなかった。

――命を狙われた？

亜由美は今になってゾッとした。

「あら、しのぶさん」

と、北山の秘書、高野さとみはパーティ客の中に、知った顔を見付けて声をかけた。

「ああ、さとみさん」

グラスを手にした宇佐見《うさみ》しのぶは、ちょっと笑顔を作って見せた。

スポーツ新聞の記者をしている宇佐見しのぶは、さとみと同じ三十歳。

学生時代、陸上の選手だっただけあって、スラリと長身で細身である。そして、スポーツ中継ではTVに引張り出されることもよくあるのは、評判の美人だから。

地味なスーツを着ていても目立つ。

「どうしてこんな隅の方に？」

と、さとみが言った。「先生たちは向うよ」

「ええ、知ってるわ」

と、しのぶは肯いた。

「もう仕事は――」

「ええ、結団式の模様を撮れば終り。もう、他の人たちは帰ったわ」

「じゃ、ゆっくりして行って。汐見さん、どこにいるかしら」

と、さとみが会場を見回すと、

「分ってる。ローストビーフの所よ」

と、しのぶが言った。「こんなときは、十枚は食べるから」

「まあ」

と、さとみは笑ったが、「――しのぶさん、何かあったの?」

「どうして?」

「何だか……表情が冴《さ》えないから」

「別に大したことじゃ……」

と、しのぶが言葉をにごす。

さとみはチラッと周囲を見て、

「汐見さんと、何かあったの?」

と訊いた。

「ないわよ。――もともと、どうってことじゃない」

元金メダリストの汐見と、宇佐見しのぶの仲は、業界ではよく知られていた。しかし、スクープすれば、汐見を怒らせて、スポーツに関する取材ができなくなる。

それを恐れて、誰も表立って口には出さないのだった。

「だって――」

と、さとみが言いかけたとき、パーティ会場に入って来た女性がいた。

さとみが目ざとく見付けて、

「しのぶさん！」

と、しのぶの腕をつかんだ。「出た方がいいわ」

「え？」

「汐見さんの奥さんよ」

振り向いたしのぶは、怖い目つきで会場の中を見回している小柄な女性を目にして、

「むだよ」

と言った。「あの目から逃げられるわけない」

「克子《かつこ》さんと……」

「いやでも噂が耳に入るでしょ。大体、汐見さんに隠す気がない」

汐見の妻、克子は、やはり元体操選手で、オリンピックで銅メダルをとったことがある。〈メダリスト同士の結婚〉と話題になったが、それはもう二十年前のことだ。

「でも、しのぶさん……」

と、さとみが言いかけたとき、克子がしのぶに気付いて、客をかき分けるようにしてやって来た。

「奥様、どうも」

と、さとみが間に入るようにして、「ご主人は北山先生のおそばに――」

「私の用があるのは、この人よ」

克子はじっとしのぶをにらみつけていた。

「奥様」

と、さとみは小声で、「ここでは……。北山先生のせっかくの大事な会なんです。お願いです、今日は黙ってお引き取り下さい」

と、早口で言った。

「騒ぎを起しに来たんじゃないわ」

と、克子は言った。「この女が手をついて詫《わ》びれば、それで済むのよ」

しのぶは、冷静な目で克子を見ていたが、手にしていたグラスをさとみへ渡すと、床に正座して、手をつき、頭を深々と下げた。

「しのぶさん……」

騒がせなくても、パーティ会場の中である。土下座している姿はいやでも人目をひいた。

克子の方は、まさかしのぶが言った通りにすると思っていなかったのだろう、面食らって立ちすくんでいた。

「しのぶさん、立って。お願い」

と、さとみが焦って言った。

しかし、しのぶは、

「奥様が立てとおっしゃらなくては、立てないわ」

と、少しも動揺している風でなく言った。

周りに人が集まって来ていた。中にはケータイで写真を撮る者もいる。

「奥様、お願いです」

と、さとみが必死に言った。「こんなことが、もしニュースになったら――」

「分ったわ！」

克子はいまいましげに、「分ったわよ！」

と、叩きつけるように言うと、

「立ちなさい！　もう沢山」

しのぶは、穏やかに克子を見上げて、

「奥様――」

と、何か言いかけた。

そこへ、

「何をしてるんだ！」

と、大声がして、酔って真赤な顔をした汐見がやって来たのである。

そして、正座したままのしのぶを見ると、

「立て」

と言った。「こんな奴に詫びることはない！」

克子が青ざめた。

「こんな奴、ですって？」

「ああ、言ったとも。気に入らないのか」

「やめて下さい！」

と、さとみが二人の間に入ると、「お二人とも、冷静になって！　北山先生がどう思われるか――」

しかし、汐見はさとみを突き飛ばして、克子の顔を平手で打った。

元レスリングの選手である。さとみはテーブルにぶつかって、テーブルごと引っくり返り、克子は床に横倒しに倒れた。

もう、混乱は抑えようがなかった……。

4　命がけ

「どうも……」

と、殿永がやって来て、「誰かがいたという痕跡は見当りませんね」

——夜になっていた。

工事現場には人影はなく、落ちた鉄骨は道路に散乱したままだ。

「私、いやだわ」

と、神田聡子が言った。「まだ死にたくない」

「ちゃんと生きてるよ」

と、亜由美が慰めたが、

「今はね。——でも、亜由美と付合ってると、きっとその内殺される……」

「聡子……」

「殿永さん」

と言ったのは、清美だった。「こんな出来事を、ただの事故だと無視すると言うのなら、私は、あなたとの友情を断ち切らなくてはなりません」

刑事を脅しているのだから、大したものである。

「いや、もちろん分っていますとも」

と、殿永は肯いて、「偶然ではありえない。そして、神田さんは我々にとって大切な協力者です。決して死なせるようなことはしません」

穏やかだが、きっぱりとした口調で殿永が言うと、聡子は、

「殿永さん……」

と、胸が一杯になった様子で、「私のことをそんな風に言ってくれるなんて……」

と、涙ぐんでいる。

「ワン」

と、ドン・ファンも感激（?）している。

「良かったね、聡子」

と、亜由美は聡子の肩を抱いて、「かけがえのない親友!」

「そこまで言うなら、フレンチのディナー、おごってよ」

「親友がそんなこと言うか?」

と、やり合っていると、

「ワン」

と、ドン・ファンが吠えた。

「僕のことも忘れるな、って言ってるわ」

と、亜由美が言った。

「フレンチ、食べる?」

「ドン・ファンのことだから、食べるかもしれないわね」

「クゥーン……」

ドン・ファンが甘えた声を出した。

「あんた、本当に分ってるの?」

と、亜由美は訊いた……。

「お母さん」

と、和美《かずみ》が言った。「このハンバーグ、いけるよ」

それを聞いて、

「まあ」

と、高野良子は笑ってしまった。

「気に入ってくれたかな?」

と、同じテーブルについている会田は和美に言った。

「うん、なかなかいい店だね」

「和美ったら」

と、良子が苦笑する。

ビルの清掃のバイトをしていた高野良子とたまたま知り合った会田。

何だかよく分らなかったが、ともかく良子にキスしてしまい、

「お詫びに」

と、良子と娘の和美を食事に誘ったのである。

十歳になる和美は、洋食レストランで、店のシンボルとも言うべきハンバーグをせっせと食べていた。

「会田さん、すみません、こんなこと……」

と、良子は言った。

「よしてくれよ。ここは至って庶民的なお店なんだ。いくらでも注文してくれ」

しかし、会田自身、こんな親子に夕食をおごるなどということを、考えたこともないので、面食らっていた。そして——味わったことのな

い、幸福感に包まれていたのである……。

デザートに、山盛りのパフェを平らげると、さすがに和美は瞼《まぶた》がくっつきそうになった。

「寝ちゃいそうだわ」

「いいさ。タクシーで家まで送るよ」

「でも、そんなこと……。大丈夫。おぶって帰れば」

「もう三つや四つの子じゃない。重いよ」

と言って、「もっとも、十歳の子をおぶったことなんかないけどな、僕も」

「本当に……」

良子は息をついて、「こんなにゆっくり食事したのなんて、何年ぶりかしら」

「喜んでくれたら、僕も嬉しいよ」


会田は、食事しながら、良子がまだ三十歳と聞いてびっくりした。

「結婚が早過ぎたんです」

と、良子は言った。「この子を産んだとき、二十歳でした」

「いや……。落ちついてるから、もう少し行ってるかと思ってたよ」

と、会田は言った。

「構わないので、老《ふ》けてるんですよ」

と、良子は笑って、「そうおっしゃりたいんでしょ?」

「いや……。まあ多少はね。仕事がきつくて、疲れてるんだろ?」

毎日寝不足だったら、老けて見えても当然だろう。

「仕方ありません。自分でこういう生活を選んだんですから」

と、良子は言った。

「しかし……体をこわしたら、和美ちゃんが困るだろ。フルタイムで働ける仕事があるといいね」

と言って、会田は、「いや、僕が何もできないくせに、こんな分り切ったことを言ってちゃね」

「正社員で雇ってくれる所は、めったになくて——」

と言いかけたとき、良子のケータイが鳴った。

「すみません!」


「ここで出ても大丈夫だよ」

「もしもし? ——さとみ? どうしたの?」

向うの話を聞いて、良子はわけが分らない様子だったが、「じゃ、このお店に来るのね? ——分ったわよ」

「どうかしたの?」

と、会田が訊くと、

「妹なんです。頼みがあるって……。でも、何が何だか、さっぱり分らない」

と、首をかしげる。「ともかく、この近くにいるらしいので、ここへ来ると……。すみません、せっかくの食事なのに」

「妹さんは何してるんだい?」

「はあ……」

と、良子が口ごもっている。

「いや、無理に言ってくれなくていいよ」

「そうじゃないんです。ただ……」

と、良子は首を振って、「仕事を世話してやると言われてるんですけど、私、どうも北山さんって……」

「北山？」

「北山透。——ご存知でしょ？」

「それって……元の総理大臣？」

「ええ。妹は北山さんの秘書なんです」

「へえ……」

会田も唖然《あぜん》としている。

「色々大変らしいです。お給料は良くても、二十四時間勤務だって、よくこぼしてます」

「そりゃそうかもしれないね」

——和美は、いつの間にか眠ってしまっている。

「今、北山さんは〈世界陸上大会〉で忙しいだろ」

「そうみたいです。さとみも、そのせいでもちろん——」

と言いかけたとき、

「ここにいたの！」

と、声がして、会田たちのテーブルへとせかせかとやって来た女……。

「さとみ！　どうしたの、その格好？」

と、良子は目を丸くした。

「大変だったの！　——この方、誰？」

しかし、会田は別の理由でびっくりしていた。やって来たさとみが、良子とそっくりだったからだ。

「あ、言ってなかったですね。私とさとみ、双子なんです」

言われなくても、それは分った。

「さとみ、そのなりは——」

「お願い！　私と入れ替って！」

さとみは、高級なスーツを着てはいた。しかし、胸の辺りからスカートの上半分まで、料理のソースでべったりと汚れている。そして、額を切って、血が出ていた。

「入れ替るって……。どういうこと？　ともかく、ここじゃ……」

良子はあわてて、さとみを奥のトイレの方へ引張って行った。

「〈結団式〉のパーティで騒ぎがあったの」

と、さとみは詳しいことは言わず、「でもこれがニュースになると困るのよ。北山先生もカンカンで」

「だからって——」

「ネットにパーティの映像が流れるのは止められない。でも、私が料理のテーブルごと引っくり返って、けがしたっていうことは、ともかく『嘘《うそ》です』って言える。お姉ちゃんが私と替ってくれたら」

「この服で？」

「お姉ちゃん……。あんまりいい服じゃないわね」

と、さとみは良子をザッと眺めて、「でも、いいわ。そんなこと言ってられない！　それでいいから、北山先生のコメントをＴＶ局のカメラの前で読んで」

「だけど……。あんたが着替えりゃいいじゃないの、どこかで」

「服だけならね。でも、これがある」

と、額の傷を指さす。

「大丈夫なの？　血が出てるよ」

「大したことない。でも、傷を消すわけにいかないの。だから、お姉ちゃんが――」

「和美もいるし……」

「私、お姉ちゃんのアパートまで送ってってあげるわよ」

と、さとみは言って、「あの男の人、どういう人？」

「会田さんっていって……。ただの知り合いよ」

「ただの知り合いが、子連れで食事する？　ま、どうでもいいわ」

「待ってよ。ともかく――」

「三十分以内にパーティ会場に戻らなきゃいけないの！　お願い！」

一緒に生まれたとはいえ、そこは一応良子が姉である。

「分ったわよ。じゃ……会田さんに和美を頼むわ」

「そんな仲なの？　なかなかやるじゃない！」

「変なこと言わないで」

と、良子は眉をひそめて、「それにしても……ソースが匂うわね」


「帰って来たのか」

と、家に入ると、父、塚川貞夫《さだお》が出て来た。

「命を狙われたの」

と、亜由美が言った。

「またか。お前は年中じゃないか」

まるで心配していない。

「聡子もよ」

「似た者同士だろ。ともかく晩飯は出前を取ってすませたからな」

全く！　これでも父親かね！

かなりむかついて、亜由美が二階へ上りかけると、

「そうだ。お前にお客が来てるぞ」

と、貞夫が言った。

「お客？　誰よ？　どこにいるの？」

と、亜由美が訊き返したが、貞夫はもう居間のＴＶでアニメを見始めてしまった。

仕事の上ではエンジニアの貞夫だが、少女アニメの大ファン。それも「ハイジ」や「フランダースの犬」を見て泣くのが趣味という中年である。

ともかく、アニメを見始めたら、何を言っても耳に入らない。

「本当にもう……」

と、いつも通り、グチにならないグチを言いつつ、「ドン・ファン、お前、もし変な客が来てたら、かみついて追い返してね」

「ワン」

ドン・ファンがせっせと階段を上りながら答えた……。

「あーあ」

自分の部屋のドアを開けた亜由美は、中が暗いので、「——お客って、コウモリか何か？」

と、明りを点《つ》けた。

「誰もいないじゃない」

と、部屋の中を見回して言ったが……。

「クゥーン」

と、ドン・ファンがすぐに気付いた。

「——え？　ちょっと、何よ！」

亜由美のベッドで誰かが寝ている！　頭に来た亜由美は、

「どういうつもり？」

と、布団をはぎ取って——啞然とした。

ベッドで寝ていたのは、あの滝から救い出した少女に違いなかったのである。

5　目撃

「どこの誰だか知らん」

と、貞夫は言った。

ＴＶのアニメは、今、ＣＭになっていた。

「でも、どうして――」

と、亜由美が言いかけると、

「ともかく、お前の名前を言ったんだ」

「私の？」

「『塚川亜由美さん、いらっしゃいますか』ってな。クタクタに疲れ切ってる様子だったが、それでもきちんと挨拶してな。今、いないと言ったら、『待たせていただいてもいいでしょうか』と言って……。なかなかきちんとした子だと感心した」

「でも、どうして私のベッドで寝てるの？」

「お前たちが帰って来ないから、天丼でも取るか、と思って、あの子に、『君も食べるか？』と訊いたら、黙って肯くんだ。それで天丼二つ取って。――そしたら、あの子、凄い勢いで食べてしまってな。よほど腹が空いてたらしい」

「それで……」

「お腹が一杯になったら、今度は眠くなったとみえて、今にも瞼がくっつきそうだった。それで、お前のベッドへ連れて行った」

「そう……」

亜由美としても、あの少女が見付かったことは嬉しいし、父が少女に優しくしたのもよく分った。しかし……。

「あの子、何か話した？　どうしてここへ来たのか、とか。自分の名前は？」

「言わなかった。こっちも訊かなかったしな」

と、貞夫は言った。「しかし、悪い子じゃない。それは確かだ。あの目は澄んでいる！」

こういうセリフはアニメから仕入れたものだ。

「分った。でも、起こそうとしたけど、まるで起きる気配がない。——あのまま寝かせとくしかないね」

「目を覚ますまで、寝かせといてやれ」

「うん。でも、私、そうなるとこのソファで寝ることになるんですけど」

「いいじゃないか！　ハイジはアルプスの星空の下で寝ていた」

「私はハイジじゃないから、外では寝ないの」

と、亜由美は言った。


助けて！

亜由美は、崖っぷちに追いつめられていた。

黒いマスクをつけた悪党は、ジワジワと間をつめて来る。

もう後がない！　亜由美は、かかとが崖の端からはみ出しているのが分った。

「観念しろ！」

と、悪党は言った。「もう逃げられないぞ！」

「誰が！」

と、亜由美は言い返した。「お前なんかに捕まるくらいなら、崖から落ちた方がましよ！」

「黙れ！」

と、邪悪な手が伸びて来る。

それをよけようとして、亜由美はバランスを失った。

「あ……」

声を上げる間もなく、亜由美の体は崖から落ちて行った。落ちて……落ちて……。

「――いてっ！」

ハッと目が覚めると、ソファから床に落っこちていた。

ああ……。ベッドじゃないんだ。寝返り打ったら、落っこちる。

でも、この一瞬で、あんな夢を見たんだ。変なことに感心していると――。

「あの……」

と、声がして、ソファのそばに、あの女の子が立っていた。

「ああ……」

亜由美は目をこすって、「目が覚めたの？」

しかし、まだ夜中だろう。

「ゆっくり寝てていいのよ。疲れてるんでしょ」

と言って、亜由美の方が大欠伸《おおあくび》をした。

「すみません。あの――塚川亜由美さんですね」

と、少女は言った。

「ええ。あなたは……」

「命を助けていただいて。それにベッドを使ってしまって、すみません」

「そんなことといいけど……」

「私、唯野結衣《ただのゆい》といいます」

と、少女は言って、ソファにかけると、「亜由美さんのことは、大澤さんから聞きました」

「大澤君から？　それじゃ――」

「大澤さんが殺されたの、私のせいなんです。ごめんなさい！」

と、顔を伏せて、少女――唯野結衣は涙を拭った。

「大澤君は、あなたが病院から姿を消したときに……」

「バスに乗ろうとしたんですけど、私、お金も持ってなくて。大澤さんが走って来て、『逃げないで』と、引き止めてくれたんです」

「でも、病院には戻らなかったでしょ」

「私がいけないんです。誰にも言えない、って泣いたら、大澤さんが、『それなら、ともかく僕だけに話して』と言ってくれて……」

「結衣さん――だっけ？　一体何があったの？　あの滝から落ちて来たのは……」

「クゥーン……」

いつの間にか、ドン・ファンが足下に来ていた。

「可愛い犬……」

と、結衣が微笑んだ。

「いいボディガードなのよ」

と、亜由美は立ち上って、「ともかく、まだ朝まで時間があるわ。コーヒーでも飲まない?」

「私の家は、あの滝の上流になる川のそばです」

と、亜由美のパジャマを来た結衣は、キッチンのテーブルで、コーヒーを飲みながら言った。

「本当に山の中って感じね」

「ええ。私は父と二人暮しでした」

と、結衣は言った。「母は私が十歳のときに亡くなって。父は市役所に勤めていたんですが、ずっとあの一帯の水質検査を担当していました」

「地味なお仕事ね」

「母が亡くなって、父はあんまりにぎやかな所に住みたがらなかったんです」

と、結衣は言った。「月に一度は、山奥に入って、あちこちの池や川の水質を調べるんです。私も一緒に、山小屋のような所に泊って、一週間ぐらい過していました。――そうしたら、ふた月ぐらい前のことです。夜中に車の音がして……」

「あれ、何?」

目を覚まして、結衣は言った。

父はもう目を覚まし、窓からそっと外を覗《のぞ》いていた。

「お父さん――」

「黙って」

と、父、唯野一郎《いちろう》は言った。「明りを消せ」

「どうしたの？」

「いいから、静かに」

結衣はベッドのそばのライトを消した。

小屋の中は真暗になる。

ベッドを出ると、結衣は父のそばへ行って、外を覗いた。

小屋は山の中腹にあって、山の中を走る自動車道路を見下ろす位置にある。

夜中に通る車は少ないのだが、今、黒い車が二台、ちょうど小屋の下辺りに停っていたのだ。そして、ライトを持った男が数人、車を降りて、歩き回っている。

「――何してるのかな」

と、結衣が小声で言うと、

「怪しいな、こんな夜中に。――ともかく明りを点けるな。ここに小屋があることなど知らないだろう」

結衣は、父が手探りで着替えているのを見ていた。

窓からは、いくらか月明りが入って来ている。

「――どうするの？」

「何をしてるのか、見てくる」

「大丈夫?」

「お前は寝てろ。——父さんは大丈夫だ」

結衣は、父がそっとドアを開けて、表に出て行くのを見ていた。

こんな所に車を停めて、何をしているんだろう?

結衣は、窓から外を覗いていた。

父が、小屋を出て、木立の間に隠れながら、下の男たちの様子をうかがっているのが見える。

足下がかなり危いのだが、この小屋に何度も泊っている唯野は、月明りだけで充分なのだろう。

結衣は、そっと窓を細く開けた。

辺りは静まり返っているから、下の男たちの声が、小さくではあるが、聞こえてくる。

「——悪くないぞ」

と、一人が言っていた。

「道路から少し入ってるから、目につかないだろうしな」

「トラックを停められるスペースもある」

「次のトラックとすれ違うのも大丈夫だろう」

「おい、待てよ」

と、一人が話を止めるように、「この下の川は、どこへ流れてるんだ? それを調べないと」

「そんなこと言ってたら、いつまでもいい場所なんか見付からんぞ」

「ともかく、流してしまえば、一旦は汚染されても、いずれ水がきれいにしてくれる」

「まあな。あれには色が付いてない。透明な液体だから、見たところはまず分らない」

少し間があって、

「――よし、ここに決めよう」

と、一人が言った。「もう時間の余裕がない」

「しかし、昼間はまずいだろう。そこの道路は車が通る」

「なあに、トラックが一台二台停ってたって、誰も気にしやしないさ」

「よし、早速報告して、手配しよう」

「トラックの運転手にも口止めしないと」

「そんなのは簡単さ。手当をいつもの倍出すと言ってやれば、自分が何をしてるかなんて気にしやしない」

男たちが車に戻って行く。

二台の車が走り去るのを、結衣はエンジン音で知って、窓を閉めた。

少しして、父が小屋へ戻って来た。

「――お父さん」

結衣の口調で、唯野も分ったらしい。

「お前、聞いてたのか」

「うん。だって気になるもの」

カーテンを閉め、明りを点ける。

「――とんでもない話だったな」

と、唯野は言った。

「何かそこの下の川に流すって……」

「ああ。川を汚染するようなもの。――おそらく、化学薬品のようなものだろう」

「とんでもないよね!」

と、結衣は怒っていた。「この川下には、キャンプ地とか、普通の町もあるのに」

「ああ、絶対に許せない」

と、唯野は肯いた。

「どうするの?」

「今は寝る。――明日、朝一番で市役所へ行って報告しよう。警察に頼んで、現場を押えるのが一番だろう」

「うん、それがいいよ!」

結衣は力強く言った。

「しかし……どこのどいつだろう。あの話し方、車も立派なものだった」

「大丈夫、お父さん?」

「俺は自分の役目を果す。――さあ、妙なことで起きちまったな。寝よう」

「うん……」

結衣はベッドに戻った。

しかし、なかなか寝つけなかった。

あの、得体の知れない男たちのことが、気になって仕方なかったのだ。あれは――ただの「悪党」ではない。

そんな気がしてならなかった……。


翌日、市役所へ行く父に、結衣はついて行こうとした。

「だめだ」

と、唯野は言った。「お前はここにいろ」

「どうして？　私だって気になるよ」

と、結衣は言い張ったが、

「いかん。お前はここに残っていろ」

と、唯野は許さず、「もし、ゆうべの男たちがやって来たら、俺に知らせるんだ」

しかし、その父の言い方は、後からつけた理由に違いない、と結衣には分った。

それでも、結局結衣は一人、小屋に残ることになったのである。

そして——結衣は父の帰りを待った。

朝早く車で出かけて行った父は、しかし午後遅くになっても帰って来なかった。

夕方になると、辛抱できず、父のケータイにかけてみたが、つながらなかった。

辺りが暗くなる。——結衣は悪い予感がして、小屋の中をただウロウロと歩き回っていた。

六時過ぎ、結衣のケータイが鳴った。しかし、父からではなかった。

「——もしもし」

用心しながら出ると、

「唯野結衣さん？」

と、聞き慣れない男の声がした。

「そうですが……」

「唯野一郎君の娘さんだね？」

「ええ」

「そう。僕は市役所で唯野君の上司に当る山口《やまぐち》というんだ」

「はあ……」

「実は、良くない知らせなんだが……。落ちついて聞いてくれ」

「父に何か……」

「さっき、地元の警察から連絡があってね。お父さんの車が崖から落ちているのが見付かったということなんだ」

血の気がひいた。

「それで……」

「うん、何しろ三十メートル近い高さを転落したそうでね。救急隊員が下りて行って調べたが、お父さんは即死だったそうだ。——気の毒だったね」

結衣はしばらく黙っていた。

山口という男は続けて、

「君は今、どこにいるんだね？　人を迎えにやるから」

「大丈夫です」

と、結衣は言った。「父は何か話しませんでしたか？　大切な話があって、そっちへ行ったはずですけど」

「大切な話？」

「ええ、それで市役所へ」

「いや、何も聞いてない。お父さんはここへ来る途中で事故にあったんだろう」

「そうですか。分りました」

と、結衣は言った。「私、どこへ行けばいいんですか？」

「うん、だから迎えをやるから――」

「いえ、自分で行きます」

と、結衣は強い口調で言った。

「そう……。それならそれでも……」

と、山口は不機嫌な様子だったが、

「市役所の先の警察へ行けば分るよ」

「分りました。ありがとうございました」

結衣はそう言って切った。

お父さんが死んだ……。

車が崖から落ちた？

「そんなわけない！」

と、口に出して、叫ぶように言った。

結衣は父が車の運転に細心の注意を払う人間だと知っていた。ハンドルを切りそこねて落ちるなんてこと、あるはずがない。

「でも――どうしよう」

結衣は、父を失った悲しみよりも、今、自分がどうすればいいか、迷っていた。

この小屋から町へ戻ることはできる。しかし――。

ケータイが鳴った。同じ番号。山口からだ。

「――はい」

と出ると、

「ああ、山口だがね。君、さっき、お父さんが何か大切な話があって市役所へ向ったと言ったね。その大切な話って、どんなことなのか聞いてるかい？」

山口がもう一度かけてくるまでの間《ま》。――そ

れは、山口が結衣の話を誰かに伝えていたのではないか。そして、誰かから、

「その娘が何か知っているか、確かめろ」

と言われたのではないか。

「いえ、何も聞いてません」

と、結衣は言った。

「何も？　本当だね」

「私がどうして嘘つくんですか？」

「いや、そういうつもりで言ったわけじゃ……。それならいいんだ」

山口は切った。——信じただろうか？

「そうだ」

結衣はケータイに登録した名前を探した。

——あった！

父の同僚で、結衣もよく知っている気のいい「おばさん」がいる。

「——根岸《ねぎし》さんですか？　唯野一郎の娘の結衣です」

「ああ！　大変なことだったわね」

と、根岸百合子《ゆりこ》は言った。「あなた一人で大丈夫？」

「ええ、ありがとう。ね、今日父は市役所へ行かなかったんですか？」

「来たわよ。朝の——十時ごろかしら。その後、課長とどこかへ出かけて行ったわ。それしか見ていない」

やっぱりそうか。結衣は自分の直感が当っていたことを知った。

「根岸さん」

と、結衣は言った。「父の上司で山口って人、います?」

「山口? 山口は上司なんかじゃないわよ。市長の秘書。秘書っていっても、正式じゃなくて、市長の個人的な……。そうね、市長にくっついて歩いてる『何でも屋』ね。市長の怪しいお金の使いみちとか、そういうことを全部引き受けてる。山口がどうしたの?」

結衣は、山口が父の死を知らせて来たこと、そして父は市役所に行かなかった、と言っていたことを話した。

「何だか妙ね。ともかく、結衣ちゃんは係り合わない方がいいわ。ね、一度私の所へいらっしゃい」

「いいんですか?」

結衣はホッとした。「お話ししたいことがあるんです」

「分ったわ。じゃ……今、どこにいるの?」

「小屋です」

「小屋? ——ああ、そうか、水質監視のね? 分った。車で迎えに行くわ」

「待ってます。すみません」

通話を切ると、結衣はやっと安堵《あんど》して、それから初めて父の死に泣いた。

——そして、泣き疲れていつしか眠っていた。

「え?」

フッと目を覚まして、「もう暗いんだ……」

と呟いた。

車の音がした。それが聞こえて目を覚ましたらしい。

根岸さんだろう。

結衣は明りを点けて、ドアにノックの音がすると、

「はい!」

と、急いで駆けて行った。

ドアを開けると——見たことのない男が立っていた。

「唯野結衣君だね」

男の後ろには、さらに二人が立っている。

「あなたは?」

と、結衣は訊いた。

「いちいち名のる必要はない」

と言うと、後ろの男たちへ肯いて見せた。

結衣はアッという間に男たちに押えつけられた。そして頭にスッポリと袋のようなものをかぶせられた。

「やめて! 何するの!」

と叫んでいると、腕にチクリと針の刺さる感じがあって——たちまち結衣は意識を失ってしまった……。

6 暗闇

「そんなことが……」

と、亜由美は言った。「お父さんは殺されたのね」

「きっとそうだと思います」

と、結衣は肯いた。

「で、あなたはそのまま——」

「気が付いたら、どこかの小屋の中でした。小屋といっても、私とお父さんが泊っていたような、ちゃんとした小屋じゃなくて、小さな物置みたいな所です。窓もなくて、どこなのか全く分らず、小さな懐中電灯が一つと、古びたマットレスと毛布一枚……。ドアは、鍵がかかっているだけでなくて、外から板を打ちつけてあるみたいで、いくら叩いても、びくともしません」

「そこへ閉じ込められていたわけね」

「ドアの下の方に、小さな切れ目があって、一日一度、紙にくるまれた、おにぎりやハンバーガーと、ペットボトルのお茶が入れられて来ました。相手が誰なのか、全く分りません」

「そこにどれくらい？」

「よく分らないんです」

と、結衣は首を振った。「初めは一日、二日って分ったんですけど、その内、夜も昼も、大体の感じでしか分らないので、一体何日そこにいるのか……。でも、たぶん……二か月くらいは……」

「まあ……」

「何ということだ！」

と、いきなり父、塚川貞夫の声がした。「このいたいけな乙女《おとめ》にそんな仕打ちを！　天が許さんぞ！」

「聞いてたの？　黙ってないで、そう言えばいいのに」

と、亜由美は言った。

「でも、よく逃げ出せたわね」

と言ったのは、母の清美だった。

「ワン」

ドン・ファンまで加わっている。

「死んでやろうかと思いました」

と、結衣は言った。「いつまでこんな状態が続くのか分らないし、いっそ殺してほしい、とも……。でも、悔しくて。父の恨みも晴らさなきゃ、と思いましたし、あの連中が汚染した水のことも、みんなに、知らせなきゃ、とも……。それが父の願いだと思ったので、何とかこらえていました」

「それで……」

「小屋の隅に、一か所、板が破れかけてる所を見付けたんです。力一杯引張って、三十センチくらい折れると、今度はその板きれを使って、他の板をはがして……。幸い、小屋の裏の方だったので、気付かれない内に、三十センチくらいの隙間ができたんです。頭から入って、体中、切り傷を作りながら、何とか外へ出ました。

――でも、外の明るさに目がくらんで、すぐには動けず、そこへ、食べ物を持って来る男がやって来たんです」

「よく逃げたわね!」

「夢中で、木の間をかき分けて行くと、目の前に滝が――。滝に落ちたら死ぬだろうと思いました。でも、もうそのときは、死んでもいいという気持で。追いかけて来る男が迫ってましたし……」

「で、あの滝に飛び込んだのね」

「ええ。――気が付いたときは、自分が生きてるとは信じられませんでした」

と、結衣は言った。「体が弱っていたせいもあるんでしょうけど、しばらく何があったのかも思い出せず……。でも、ただ、『逃げなきゃ』という思いがあったんです」

「そのとき、大澤君が……」

「私が看護師さんの制服を着て、バスに乗ろうとしているところに、大澤さんが――。もちろん、私、お金もなかったし、どこへ行けばいいかも分らなかったので、大澤さんに頼んだんです。助けて下さい、って。誰にも言わないで、と」

結衣は息をついて、「そのせいで、大澤さんが殺されてしまったと思うと、申し訳なくて……」

そして、亜由美たちを見回して、

「あなた方も。――私のせいで危い目にあうかもしれません。私、夜が明けたら出て行きます」

と言った。

「何を言うか！」

と、貞夫が憤然として、「我々正義の騎士がついている！　君のことは、命をかけて守ってやる！」

「ワン！」

珍しく（?）ドン・ファンも力強く吠えた。

「そうよ」

と、亜由美が言った。「ここにいれば大丈夫。安心していられるわ」

しかし、結衣は首を振って、

「いいえ。相手はとても恐ろしい奴なんです。私、どこにいても、いずれきっと見付かって殺されます。私一人ならともかく、親切にして下さった人たちが殺されるなんて、とても……」

「落ちついて」

と、清美が言った。「ここは冷静に考えるのよ」

「お母さん」

「亜由美の友人が殺されたということは、この子を救ったのが誰なのか分っている、ということでしょ。つまり、この子がこの家にいることも、遠からず知られるわ」

「じゃ、どうするの？」

「それはあんたが考えなさい」

「ワン」

「ずるいでしょ！　あんたは吠えるだけで」

と、亜由美が文句を言うと、ドン・ファンはプイとそっぽを向いてしまった。

すると——それまで暗い表情だった結衣が急に笑い出したのだ。

それはいかにも十六歳の少女らしい、明るい笑いだった。

「ごめんなさい」

と、結衣が言った。

「いいのよ。笑う元気が出て来たのね」

「もう一生笑うことなんかないと思ってた」

と、結衣は微笑んで、「ありがとう、ドン・ファン！」

「クゥーン……」

ドン・ファンはたちまちいつもの姿に戻って、結衣の足に体をこすりつけた。

「本当にもう……。美少女好きなんだから！」

と、亜由美は言って、「お母さんの言ってることも一理ある。結衣ちゃんを、絶対に見付からない所に隠そう」

「そんな所、ある？」

「考えるのよ。みんなでね！」

「ワン」

ドン・ファンも賛成したが、やはり吠えただけだった……。

「すると、パーティで、暴力沙汰はなかったんですか?」

と、記者の一人が訊いた。

「今申し上げた通りです」

高野良子――いや、今は妹のさとみとして会見の席に出ている良子は、落ちついた様子で言った。

「でも、SNSにも動画の投稿が」

と、記者が続けた。「会場で土下座している女性が映っています。そして、元金メダリストの汐見さんが女の人を叩いているところも……」

「それは何かの間違いでしょう」

と、良子は言った。「どこかよそのパーティでは?」

記者会見には何人もやって来ていたが、しつこく質問する記者はほとんどいない。

「ともかく、北山先生としては、せっかくの結団式の盛り上りに水を差すようなことはしないでくれ、とのご希望です」

と、良子はさとみに言われた通りの話をした。

「今度の大会についての記事、報道について、北山先生は、協力的なメディアに対しては、積極的に情報を流すとおっしゃっておいでです。万一、単なる無責任な噂に過ぎないことを、あえて紙面やニュースで取り上げたメディアには、充分な情報が行かないこともあり得ると……」

記者席が少しざわついた。

「――それは、言う通りの記事を書けという圧力ではないですか」

と、一人の女性記者が立って質問した。

「どう受け取られるかはご自由です」

と、良子は言って、「ではこれで」

記者たちの間に、やや不満げな気配はあったが、良子が席を立って、会場を出てしまうと、特に呼び止める声もなく、次々にパソコンを閉じて帰って行った。

「――お姉ちゃん」

控室で待っていたのは、本物の北山の秘書、さとみである。

「疲れたわ」

と、良子は首を振って、「二度とごめんよ、こんな役」

「うん、分ってる。無理言ってごめん」

と、さとみは言った。「でも、これで騒ぎを最小限に食い止められる」

「あんた、その傷、ちゃんと手当しないと」

「大丈夫。化粧で隠せるし」

と、さとみは、部屋のガラス窓に顔を映して言った。

「私、和美を待たせてるから、もう行くわよ」

「ね、もうちょっと待って！　今出て行くと、まだ記者が残ってるかもしれない。見られるとうまくないから」

「じゃあ……。コーヒーでも飲もうかしら」

控室に置かれたポットから、紙コップにコーヒーを注いで飲む。

「お礼はちゃんとするから」

と、さとみが言うと、

「そんなことといいのよ。でも、さとみ、ああいう言い方はよくないわ」

「え?」

「あんたに頼まれたから、その通り言ったけど、言った通りに記事にしないと、大会の情報をやらない、って、あれは脅しでしょ」

「まあね。——でも、マスコミとは持ちつ持たれつだから。お互い、分ってるのよ」

「それはそうでしょうけど……」

「新聞の中には、あの言い方に怒って見せる所もあるかもしれない。でも、しょせんはポーズよ。アメとムチ。——いつの世も、それが効果的なの」

「さとみ、あんたも変ったわね。以前は、政治の世界をクリーンにするんだ、とか張り切ってたのに」

「お姉ちゃんは真面目《まじめ》で、そこがいいとこだけど、世の中は結局力のある人間の考え一つで動いてるのよ。それに、北山先生だって、昔風の政治屋かもしれないけど、いいことだって沢山やってるし、そばにいると分る。親分肌のいい人よ」

「でしょうね」

ぬるくなったコーヒーを一口飲むと、「もう行くわ。何なら裏から出るわよ」

「そうしてくれる？　ありがとう、お姉ちゃん！」

良子は控室を出て、エレベーターを使わず、階段を下りて行った。

ケータイで、和美へかける。

「お母さん、今行くからね」

「うん、おじちゃんと一緒だから」

会田が和美の面倒をみてくれているのだ。

良子はビルの裏から出て、足取りを速めた……。

7　隠された闇

仕事帰りに、いつも同じスーパーに寄る。

一人暮しには、こういう習慣がつきものである。

根岸百合子も例外ではなかった。

アパートに帰れば、冷蔵庫に今夜のおかずくらいは入っているのだが、それでもついスーパーで、目に付いたおかずを買い込んでしまう。

「今日の十二時までね……」

三割引のシールが貼られたおかずをカゴに入

れて、「明日までは大丈夫」と、自分で納得する。

「いつもどうも」

レジのおばさんは、百合子のことをよく憶えている。

根岸百合子は、市役所を定年になったら、このレジでもやろうかしら、などと、いつも思うのだった。

外へ出て、歩き出すと——。

「あら……」

ケータイが鳴っていた。

百合子のケータイへかけてくる人間など、ほとんどいない。見覚えのない番号だ。

「——もしもし?」

いたずらだったら、怒鳴りつけてやろう、と思いながら出てみると、

「——根岸さんですか」

と、女の子の声。

「そうですけど……」

「私、唯野結衣です」

百合子は絶句し、立ちすくんだ。

しばらく、言葉が出なかったが、相手もそれを予期していたのだろう、何も言わなかった。

「——結衣ちゃん! 今、どこにいるの?」

「逃げています」

と、結衣は言った。

「ずっと行方が分らなくて、心配してたのよ。——どうしてたの?」

「分ってるでしょ」

「――何のこと?」

「私が、誘拐されたこと。――百合子さん、私の居場所を教えたんですね」

「待って。それは違うわ」

「分ってるんです」

「ね、結衣ちゃん。会って話しましょ。あなたの味方よ、私は。信じてちょうだい」

少し間があって、

「――じゃ、〈N〉って店の二階で」

と、結衣が言った。

「ああ、よくあなたのお父さんが行ってたお店ね。分ったわ。すぐ向う」

「三十分後に行きます」

「そう。それじゃ……」

通話は切れた。

しばらく、百合子は立ち尽くしていた。

「――どうしよう」

と呟く。

ともかくアパートに戻ると、冷蔵庫へ買ったものをしまってから、ケータイを手にした。

「――何の用だ」

と、不機嫌な声が言った。

「あの子はどうなったんですか」

と、百合子は訊いた。

「何だ、いきなり」

「結衣ちゃんです。悪いようにはしないって約束だったじゃありませんか」

「おい、あの娘から何か言って来たのか？」

と、向うも勢い込んで、「どうなんだ？」

「ケータイにかかって来ました。今、逃げてる、って言って」

「どこにいる？」

「それは……」

と、百合子は口ごもって、「私は知りません」

「おい、嘘をつくなよ」

相手の口調はガラッと変って、「お前も、もう俺たちの仲間なんだ。裏切ったりすりゃ、どうなるか分ってるんだろうな」

「でも――私は結衣ちゃんのことを守りたかったから」

と言い返す言葉は弱々しかった。

「それにしちゃ、あの娘がどこでどうしてるか、訊きもしなかったぜ」

「それは……あなたが約束を守ってくれると……」

「子供じゃないんだ。世の中がそう甘いもんじゃないことぐらい分ってるだろう。おい、あの娘はどこにいるんだ？」

百合子は黙っていた。――男は続けて、

「市役所の給料で、これからどうするんだ？　お袋さんの入院の費用はもっとかさむぜ。こっちの味方になってりゃ、困ることはないよ。素直にしゃべっちまえ」

百合子は力なく、

「今どこにいるかは、言いませんでした。本当」

です。ただ――あと二十分したら、〈N〉って店の二階に来ます」

「〈N〉？　どこだ？」

「市役所の近くです。あの子のお父さんがよく行ってたお店で」

「よし、嘘じゃないな。車を飛ばせば間に合うだろう」

「お願いです！　結衣ちゃんに乱暴なことはしないで！」

と、百合子は訴えたが、相手は笑って、

「もう手遅れだ。あの娘を生かしとくわけにゃいかない」

「そんな――」

「すぐこっちを出る。二十分で行くだろう。サ、イレンを鳴らして行けばな」

通話が切れて、百合子はその場にペタッと座り込んでしまった。

「結衣ちゃん……」

その呟きは、消え入りそうだった……。


〈N〉の見える場所から、百合子は様子を見ていた。

約束の五分前に来て、〈N〉の中を見て回った。二階にも一階にも、結衣の姿はなかった。

外へ出て、通りの向いのコンビニに入った。ガラス越しに、〈N〉の入口が見える。

買物をしているふりをして、〈N〉の方へ目をやっていた。

約束の二分前、車が〈N〉の前に停った。覆面パトカーだ。

男が二人、降りて来て〈N〉へと入って行く。そして、少しして出て来ると、車の中の誰かと話している。

結衣ちゃん……。来ちゃだめよ！　殺されてしまう。

パーカーを着た女の子が、〈N〉へ入ろうとした。あれかしら？

男たちが駆け寄って、女の子の腕をつかんだ。女の子がびっくりして振り向いた。

違う。――男たちは車に戻った。

百合子はホッとした。

でも――いずれ結衣は捕まってしまうだろう。そして殺される。

どうして？　何の罪もない女の子を、「国の面子《メンツ》のため」に殺すなんて！

そのとき、百合子のそばに立った女性がいる。

「根岸さんですね」

ハッとして、

「あの……」

「裏口で、結衣ちゃんが待っています」

と、その女性は言った。

コンビニの裏手に、車が停っていた。

「乗って下さい」

と、女性は言った。

後ろの座席に、百合子が乗ると、助手席の女の子が振り向いた。

「結衣ちゃん！」

「根岸さん、やっぱり知らせてたんですね」

と、結衣は言った。「お父さん、あなたのこと、信じてたのに」

「結衣ちゃん……。ごめんなさい！」

百合子の隣に座った女性が、

「車を出して下さい、殿永さん」

と言った。

「すべては、お国のためなんだ」

その男にそう言われたとき、根岸百合子は呆《あっ》気《け》に取られた。

何言ってるの、この人？　どうして、こんな小さな町の役所で、「お国のため」が出てくるの？

そうだろう。——ここが国会議事堂の中だとか、高級ホテルのスイートルームとかなら、そんな話をすることもあるかもしれない。

しかし、ここはいつも根岸百合子が勤めている市役所のオンボロの建物——と言って悪ければ、「歴史ある建造物」——の中の応接室なのだ。

一体買ってから何十年たっているか分らない、方々がすり切れたソファの応接セットに座って、「お国のため」と言われたってね……。

「君は、唯野一郎と親しい。そうだね？」

と、男は訊いた。

「ええ。でも、どうして唯野さんを呼び捨て

「に？」

ちょっと不愉快になって、百合子は言った。

「いや、これは失礼した」

と、男は笑って、「君のことを、唯野さんが信頼しているのも分るよ」

男は、四十代だろう。穏やかな印象だが、スーツもネクタイも、この市役所の中ではまず見かけない高級品だった。

「で、君は唯野さんから話を聞いた。そうだね」

「ええ。谷川に上流から汚染された水を流そうとしてる連中がいる、って」

男は肯いて、

「はっきり言って、それは事実だ」

と言った。「私もその計画に加わっている」

「そんなひどいこと——」

「そこなんだよ。確かに、汚染された水のために、一時的な被害はあるかもしれない。しかし、きれいな水の流れが、どんどん汚れた水を押し流して行く。きれいになるのに、数日とはかからないよ」

「そんなに単純なことではありません。川の魚たちは死んでしまうでしょうし、植物にも影響が出るでしょう」

「それも承知の上さ。被害はごく狭い地域だけの話だ。しかし、それで国の重要なイベントが救われるんだ」

百合子は首をかしげて、

「おっしゃる意味が分りません」

「君には打ち明けよう」

と、男は少し身をのり出して、「君の協力が必要だからね」

「はあ……」

「今、〈世界陸上大会〉が目前になっている。君も知ってるだろう?」

「TVで宣伝してますね。でも、いつなのか、関心ないので……」

「こういう世界的なイベントを成功させることは、日本の名誉でも誇りでもある。世界中から集まるアスリートと観客に、『日本はすばらしい!』と思ってもらうことが大切なんだ、分るだろう?」

「まあ……何となく」

「それには充分な準備が必要だ。北山元総理が先頭に立って、精力的に開催への準備を進めている」

「あの太った人ですね」

あの巨体と「スポーツ」が、どうにも結びつかなくて記憶していたのである。

「今回の大会のために、新しく競技場が建設された。君もニュースで見ただろう?」

「そう言われてみると……」

「あの建設には、〈S建設〉が当った。他の仕事を後回しにしても、〈世界陸上大会〉を成功させるために、協力してくれたんだ。北山先生も大変感謝して、〈S建設〉の幹部とも親しくなった。そこで、だ」

と、男は一息ついて、「ちょうど〈S建設〉と同じグループ企業で、工場の有害な廃液が大量に流出する事故が起ったんだ。工場の周辺への被害は、何とか金で話をつけ、ニュースにはならなかった。しかし、工場内には大量の廃液が残っていて、これを処理するとなると大変な費用がかかって、グループ全体に影響が及ぶことになるんだ。〈S建設〉が倒産する危険もある」

百合子にも、何となくだが、少しずつ分って来た。

「北山先生としては、大会のために、企業ぐるみで頑張ってくれた〈S建設〉を見殺しにするわけにいかない。しかし、たまった廃液の状態からいって、時間がないんだ。そこで――今回の件につながってくる」

「それって、つまり、その廃液をあの谷川に流すってことですか」

「その通り。もちろん望ましくないことであるのは事実だ。しかし、少しのためらいも許されない。だから、君も分るだろう？　これはやむにやまれぬ処置だったんだ」

百合子は、男の説明が、まるで国会答弁みたいに、前もって用意されたものに聞こえた。

「あの……」

少しして、百合子は言った。「それで、私にどうしろとおっしゃるんですか？」

「そうそう。君は呑み込みが早い。まず、唯野と話して――いや、失礼、唯野さんと話をして、納得させてほしい。君の言うことなら聞いてくれるかもしれない」

男がちょっと苦々しい表情になった。「我々が話してもだめなんだ。マスコミに訴えると言い張っている」

「それはそうだと思います。私が話しても、たぶん――」

そのとき、応接室のドアが開いて、

「大変です！　唯野が――」

と、息を弾ませた若い男が入って来た。

「どうした？」

「逃げてしまいました。車でここを出て」

「何をしてる！　早く追うんだ！」

「それが……。唯野の車は、スピードを出していたものですから、町外れで、崖から転落してしまいました」

「何だと？　唯野は？」

「とても助かりません。今、救助隊が向っていますが」

百合子は愕然とした。――唯野さんが死んだ？

「こうなると」

と、男は言った。「残るはもう一人。唯野の娘だ。――彼女に、このことを、納得させてほしい」

「そんなこと……」

「できない？　それなら、娘の口をふさがなくてはね。当然、娘も知っているはずだ」

「結衣ちゃんに手を出さないで下さい！」

と、百合子は言った。

「それなら、娘と話して、どこにいるのか、訊いてくれ。家にはいない」

もう捜しているのだ。――そのとき、百合子は悟った。唯野は殺されたのではないか……。

「分ってるだろうが」

と、その男は言った。「君はもう秘密を知ってしまった。つまり我々の仲間の一人だということだ」

つまり、拒めば唯野と同じ目にあう、と言っているのだ。


「――何も、そう心配することはないよ」

と、男はソフトな笑みを浮かべて言った。

「我々の言う通りにしていれば、君は今の職場で、きっと今よりいい地位について、生活も楽になるはずだ」

「でも、結衣ちゃんの身に――」

「大丈夫。つい、きつい言葉を使ってしまったが、小さな女の子のことだ。ともかく黙っていてさえくれたらそれでいい」

「本当ですね。――それなら、連絡があったら……」

「ごめんなさい、結衣ちゃん」

と、百合子はくり返し謝った。「あなたがそんなひどい目にあってたなんて……」

重い沈黙があった。

古い日本旅館のような造りの建物。

ここは、亜由美の父、塚川貞夫の勤務先が持っている〈保養所〉で、社員なら誰でも借りられるが、夏休みや年末年始など以外はほとんど使う人がいない。

〈保養所〉といっても、都内の住宅地で、温泉でも何でもないので、借り手がいないのは当り前のことだった。

結衣を安全な場所に隠す、となって、亜由美の父が思い付いたのがここだったのである。

「調べてみましたが――」

と、殿永が言った。「唯野一郎さんの遺体は、検視もせず、事故死として片付けられていました。殺されたという可能性は捨て切れません」

「事故死に見せかけて殺すぐらいのこと、やりますよね」

と、亜由美は言った。「もうお骨《こつ》になってて、調べようがないし」

「ともかく」

と、少し気持を落ちつかせて、結衣が言った。「私が小屋に閉じ込められてる間に、その工場の廃液は、谷川へ流されてしまったんですね」

「そういうことだ」

と、殿永が肯く。

「でも、何か起らなかったのかしら？　そんなニュース、見てないけど」

「もちろん、何かあっても握りつぶしたんでしょう。何しろ『お国のため』と言えば何でも通用するんですから」

「ひどい話ね」

と言ったのは、神田聡子。

ついでながら、ドン・ファンも同行していたのである。

「ワン」

と、存在を主張している。

「――私、許せない！」

と、結衣が言った。「お父さんのことも、大澤さんが殺されたこともちろんだけど、お父さんが命をかけて止めようとした、谷川の水、あの川を汚したことが、許せない！」

結衣の目に涙がにじんでいる。

「当然よね」

と、亜由美は言った。「でも、根岸さん、今のお話を、証言してくれますか？」

百合子が詰った。

「――お母さんのこともあるでしょう」

と、殿永は言った。「あなた一人に責任を負わせはしません。私たちが力になります」

「だけど……」

と、百合子は言った。「何かできるんですか？　あなたは刑事さんでしょ？　でも私に結衣ちゃんの居場所を教えろと言ったのも、警察の人ですよ」

「分ります」

と、殿永は肯いて、「その男は、矢ノ原という名でしたね？」

「知ってるんですか」

「もちろんです」

と、殿永は言った。「警察の中にも、普通の人たちを守るよりも、権力者を守るのを第一と考える者たちがいるんです」

「でも、そんなの、ひど過ぎる」

と、亜由美は言った。「殿永さんは、だけど、トップに逆らうことになるんじゃないの？」

「私は公僕ですから」

と、殿永は穏やかに微笑んで、「雇い主はごく普通の人々です」

「ワン！」

と、ドン・ファンがひと声吠えた。

8 パレード

「北山先生は大変お怒りです」

と、矢ノ原が言った。

「申し訳ありません」

と、頭を下げたのは、元金メダリストの汐見弘介。

「みっともないですよ、その引っかき傷は」

汐見の頬には、どう見ても「猫でない誰かに引っかかれた傷」があって、キズテープが貼られていた。それも左右、両方に。

もちろん、妻の克子の爪によるものである……。

「いや、あの結団式のパーティでの騒ぎが、海外のニュースでも流れましたからね」

と、スポーツライターの玉本が言った。「ネットは怖い。国内のマスコミならどうにでもなる北山先生も、あの光景を投稿するのを止めることはできませんでしたからね」

「ですから、今度は失敗のないように」

と、矢ノ原は言った。

「ま、幸い天気もいいようですしね」

と、玉本が青空を見上げた。

――真新しい競技場は広々として、選手たちを待ち受けていた。

「汐見さん、今日は奥さんは——」

と、玉本が言いかけると、

「ちゃんと言い聞かせてあります」

と遮って、「女房も納得していますから」

「そうなの？」

と、声がして、汐見がびっくりした。

「君……来たのか」

宇佐見しのぶが立っていたのである。

「だって、スポーツ記者よ、私」

と、宇佐見しのぶは言った。「来るでしょ、当然。北山先生が作らせた新しい競技場のお披露目ですもの」

「しかし、ネットで、土下座してる君の姿が——」

と、汐見が言いかけると、

「まあいい」

と、矢ノ原が言った。「北山先生も、了解してらっしゃる」

汐見はわけが分らない様子で、

「先生が？　しかし……」

玉本が汐見の肩を叩いて、

「あんたも鈍いね。金メダルがそんなことでどうする」

と、からかうように言った。

「何だって？　どういう意味だ？」

「北山先生もネットをご覧になったんだ。そして、腹も立てたが、同時に土下座しているしのぶ君のことが気に入った」

「さあ、もうスタッフルームへ行こう」

と、矢ノ原が促した。

スタンドから通路へと階段を下りて行く。

汐見は、しのぶの腕をつかんで、

「しのぶ。本当なのか？」

と、もう一度訊いた。「答えてくれ！」

「もう終ったでしょ、あなたとは」

と、しのぶは冷ややかに、「奥様だって、黙っちゃいないわよ。元メダリストなんですからね」

「北山先生と？　本当に？」

しのぶは苦笑して、

「あの巨体だもの、大変だったわよ。いい運動だったわ」

汐見が愕然として、

「そんなことが……。本当なのか？」

と、しのぶに訊いたが、しのぶは聞こえないふりをして、スタンドからトラックを眺めた。

「立派ね。最新の技術を備えた陸上競技場。——これが、たった一人の元総理大臣の引退の花道なんだものね」

「おい、そんなことを——」

と、玉本が言いかけると、

「事実でしょ。誰だって、そんなこと知ってるわ。口に出さないだけ」

と、しのぶはちょっと笑って、「大体、当人がそう言ってたわよ、ベッドの中でね」

汐見の顔が紅潮した。

と言った。

「おい――」

「ほら、また叱られるわよ、先生に」

しのぶはさっさと通路を歩いて行った。

――スタッフルームには、すでに関係者が何人も集まっていた。

しのぶが入って行くと、

「どうしてここに?」

と、そばへやって来たのは、北山の秘書、高野さとみ。

「いけないかしら? スポーツ記者よ、私」

と、しのぶは澄まして、「もしかして知らないの?」

「何のこと?」

「北山先生の秘書としては手抜かりね。ゆうべ先生がベッドを共にした相手を知らないとは」

さとみが唖然として、

「そんな……」

「いい子ぶったってだめよ。あなたの仕組んだお芝居も、ネットでばれてる」

と、しのぶが言った。「双子のお姉さんが身替りをつとめたこともね。良子さん、だっけ? 取材に応えて、認めてるわよ」

「姉が? 嘘よ!」

「ネットを見てないの?」

「この準備で忙しくて……。でも、今日の開会式のリハーサルがニュースで流れれば、あんな出来事は忘れられるわ」

「ご苦労様ね。北山先生一人のために、選手団が入場行進するなんて。制服のブレザーを間に合せるのが大変だったそうじゃない？」

「そんなことまで、どうして——」

「い、い、もちろん、先生の口から、じかに聞いたのよ」

と、しのぶは挑発するように言った。「私に、なれなれしい口をきかない方がいいわよ。これからはね」

さとみはちょっと青ざめたが、

「——分ったわ」

と言った。「ともかく、今日のリハーサルを無事に終えて、すべてはそれからよ」

「晴れて良かったじゃない？」

しのぶは、トラックを描いたパネルの方へ歩いて行って、「TVカメラはこの辺？　北山先生がこの辺に立つのね」

矢ノ原が、

「そろそろお出迎えだ」

と言った。

スタッフルームの面々が、ゾロゾロと廊下へ出て行く。

「——どうぞお先に」

と、さとみはしのぶへ言った。「先生が会いたがってるんでしょ」

「お気づかい、恐れ入ります」

と、しのぶはわざとらしく会釈して、廊下を先に立って、競技場の正面入口へと向って行った。

正面入口から、赤いカーペットが数十メートルも伸びていた。

青空の下、それは色鮮やかに輝いて見えた。カーペットの両側には、TV局のカメラが並んで、リポーターが今の様子を中継している。

「君は記者席にいた方がいいんじゃないか」

と、玉本がしのぶに言ったが、

「私は、自分のいたい所にいるわ」

と、しのぶは言い返した。

そして、出迎える実行委員会のメンバーの、さらに前に出て行ったのである。

「――呆《あき》れたな」

と、玉本は呟いた。「どういうつもりだ」

「あいつ！」

汐見の顔はこわばっていた。

「下手《へた》なことは言わないことだ」

と、矢ノ原が言った。「宇佐見しのぶは、このパレードの後のパーティで、北山先生との結婚を発表する」

「何だって？」

汐見が唖然とした。

「まあ、北山先生はよほどお気に召したんだろうな、宇佐見君のことが」

「――何が起るか分らないな」

と、玉本が首を振って言った。「先生のご到着だ」

パトカーに先導されて、リムジンがゆっくりとやって来た。TVカメラが一斉にそっちを向く。

リムジンが赤いカーペットの前に横づけされ、ドライバーがドアを開けると、北山の巨体がゆっくりと降りて来た。

TVカメラに加えて、スチルカメラのシャッターが次々に切られる。

三つ揃いのスーツの北山は左右のカメラに向って、順番に手を振って見せた。

そして、そこへ真直ぐにやって来たのは、宇佐見しのぶだった。

「先生。ご一緒していい?」

と、北山の腕を取る。

「いいとも」

北山は笑みをこぼして、しのぶと腕を組んで、赤いカーペットを歩き出したのである。

左右の取材陣にどよめきが起った。

しかし、北山もしのぶも、一向に気にするでもなく、ゆっくりと進んで行く。

マスコミにとっては、開会式リハーサルというニュースの他に、思いがけないネタが入ったのである。

委員会の面々が出迎える。

「準備はできているか?」

と、北山が訊いた。

「はい、完全です」

と、玉本が肯いた。

「選手たちは？」

「選手団のバスは、反対側の入口についています。入場の態勢が整うまで十分ほど……」

「分った。ともかく、この新しいスタジアムへ入ろう」

と、北山が満足げに建物を見上げる。

そのときだった。

「待って下さい！」

と、叫び声がしたと思うと、取材陣をかき分けて、女の子が飛び出して来た。

「何だ？」

と、北山が振り向く。

「あの娘だ！」

と、矢ノ原が言った。「捕まえろ！」

しかし、すぐそばには警備の人間がいなかった。

「私、唯野結衣といいます！」

と、少女はマスコミのＴＶカメラに向って言った。「この競技場を作った〈Ｓ建設〉は、〈Ｓ化学工業〉の工場から流れ出した廃液を、奥多《おくた》摩《ま》の谷川へ捨てたんです！　それを告発しようとした私の父は、殺されました！　私も二か月近く、山奥の小屋に閉じ込められて、殺されるところでしたけど、逃げ出したんです！　お願いです！　この事実を、広く知らせて下さい！」

やっとガードマンが二人、駆けつけると、結衣を取り押えた。

「人殺しなんだ！　この競技場を作った連中は——」

「早く連れて行け！」

と、矢ノ原が指示した。

ガードマンに引きずられて、結衣は連れ去られて行った。

「こういうことは困るぞ」

と、北山が矢ノ原へ言った。「今のが生中継で流れたのか？」

「ですが、大丈夫です」

と、矢ノ原は言った。「おかしくなった女の子の言うことです。誰も本気にはしません」

「うまく片付けろよ」

と、北山はちょっとしかめっつらになって、

「行くぞ」

と、しのぶを促した。

建物の中へ入ると、

「こちらでお待ち下さい」

と、委員会のメンバーが北山をスタジアム内の〈貴賓室〉へと案内する。

ドアを開けると、

「お待ちしていました」

と、秘書のさとみが頭を下げた。

「何だ、ここにいたのか」

と、北山は言った。「どこにいるのかと思ったぞ」

「それじゃ、私」

と、しのぶが言った。「スタンドへ行って、

TVカメラの配置とか、チェックしてるわ」

「ああ、そうしてくれ」

しのぶが行ってしまうと、北山はソファにゆったりと身を沈めた。

「本日はおめでとうございます」

と、さとみが言った。

「うん？　このスタジアムのことか？」

「それと――しのぶさんとのことも」

北山はニヤリと笑って、

「お前は笑うかもしれんが、しのぶとは妙に相性がいいんだ。この年齢になって、そういう女と出会《でく》わすのも運命だな」

と言った。

「でも、先生……」

「何だ？」

「今、このTVで見ていました。あのレッドカーペットでの出来事」

「あれか」

「どうなんですか？　あの子の言っていたこと――」

「誰も信じない。放っとけばいい」

「でも――〈S化学工業〉の廃液流出のことは、ネットで流れています。もちろん、立証されていないかもしれませんが、そのせいであの子の父親が……」

「お前はどう思うんだ」

「私には……分りません」

と、さとみは言った。「でも、あの子の訴えは、嘘じゃなかったように思います」

北山は少しの間黙っていたが、

「お前も政治家の秘書なら、世間が正義だの道徳だので動いていないことぐらい憶えておけ」

と言った。

「もちろん分っています。でも、まさかあの子の父親が殺されたと……」

「事故だ。車ごと崖から落ちた。確かに、そう仕向けたのは事実だが」

「じゃ——あの女の子も?」

「殺しはしないさ。矢ノ原がうまくやる。病院へ入れて、薬づけにしておけば、いずれわけが分らなくなる」

「そんな……」

「世の中はそんなものさ。結局は力のある者が勝つんだ」

さとみはゆっくり肯いて、

「憶えておきます」

と言った。

「そうだ。——俺の秘書でいたければ、今の世の中を受け入れることだ」

「はい」

「それでお前の給料も倍になる」

「分りました」

と、さとみは肯いた。

「——先生」

ドアが開いて、玉本が顔を出した。「準備が整いました」

「よし、行こう」

と、北山は立ち上った。

客の入っていないスタジアムに、華やかなマーチが鳴り渡った。

北山は立ち上って、日本選手団の入場を迎えた。

赤いブレザーの制服の選手たちは、一糸乱れぬ列を組んで、トラックを進んで来る。

北山は満足げに胸を張った。

北山の隣には汐見が、そして反対側には宇佐見しのぶが立っていた。

しのぶは、明るい日射《ひざ》しに少しまぶしそうにしながら、口もとにはかすかに笑みを浮かべていた。

汐見の方は対照的に固く唇を閉じて、暗い表情で立っている。

TV局のカメラが、パレードの様子と、北山の姿を交互に捉えていた。

リポーターが、上ずった声で、

「今、青空の下、真紅のブレザー姿の日本選手団が――」

という、パターン通りのアナウンスを入れていた。

選手団がグラウンドに整列すると、北山がマイクの前に立った。

「いよいよ、〈世界陸上大会〉まで、あとわずかになった。この新しいスタジアムで、ぜひすばらしい記録を出すよう、頑張ってほしい……」

北山の声が空の客席に響く。

そして、北山のスピーチが終ると、

「ここで――」

と、汐見が代ってマイクを持つと、「私ども実行委員会の決定を伝えたいと思います。本日、この新しいスタジアムを、〈北山スタジアム〉と命名します」

選手たちから拍手が起る。そして、ファンファーレが鳴り渡った。

「ありがとう」

と、北山が再びマイクに向うと、「私がいなくなった後も、このスタジアムに私の名が残るのは、大変嬉しいことだ」

むろん、前もって分っていたことだが、周囲は熱い拍手を送った。

「おめでとう、先生」

と言ったのは、しのぶだった。

北山が、しのぶの腰に手を回して引き寄せるのを見て、汐見は目をそらした。

すると、そのとき、正面の巨大な映像用のスクリーンにチラチラと光が走ったと思うと――。

「あの子の父親が殺されたと……」

「事故だ」

――北山の姿がスクリーンに映し出された。

そして、〈貴賓室〉での、さとみとの会話が流れたのである。

「そう仕向けたのは事実だが……」

「殺しはしないさ。矢ノ原がうまくやる。病院へ入れて、薬づけにしておけば……」

「世の中は……結局は力のある者が勝つんだ……」

矢ノ原が、

「どうなってる！　早く止めろ！」

と怒鳴ったが、

「しかし——どこで操作してるんでしょう」

と、みんなオロオロするばかり。

選手たちもざわついていた。ＴＶ局も当惑している。

「——このスタジアムを〈北山スタジアム〉と命名するのは待った方がいいかもしれませんね」

と、声がした。

「君は——」

と、矢ノ原が目を見開いて、「殿永だな」

「そうです。唯野一郎さんと大澤忠司さんの死に関して、お訊きしたいことがあります。ご同行願います」

「誰に向って言ってるんだ」

と、北山が笑って、「君のためにならんよ」

「証言があります。根岸百合子さんが、真実を語ってくれました」

「——お父さんを殺した！」

と、結衣が言った。

「何を言うか!」

と、北山はムッとしたように、「おい、さとみ!」

振り向いた北山は目を疑った。——さとみが二人立っていたのだ。

「さっきお話を伺ったのは、妹ではなく、私です」

と、良子が言った。「さとみは、北山さんを信じられなくなって、私と入れ替ったんです。会話を録画させてもらいました」

「先生、私はいつまでも先生の味方よ!」

と言ったのはしのぶだった。

そしてしのぶは、北山にしっかり抱きついてキスしたのだった。

「やめろ!」

と、汐見が怒鳴って、二人にぶつかって行った。

「危い……」

と、誰かが言った。

北山の巨体が、バランスを失って、よろけた。そして、スタンドの椅子の上を、ドスン、ドスン、と転り落ちて行った。

「先生!」

誰も止めなかった。止められなかった。

北山は、自分の体重のせいで、勢いよく転落し、動かなくなった。

「おい! 早く助けろ!」

「救急車だ!」

大騒ぎになる中、矢ノ原は通路へと駆け下りて行った。

「ワン！」

目の前に——犬がいた。

「何だ！　けとばすぞ！」

矢ノ原が怒鳴ると、

「やれるもんならやってみな」

と、犬が言った？

いや、言ったのは亜由美と、そして山田久士だった。

「お前たちは何だ！　公安警察を何だと思ってる！」

矢ノ原はそのまま駆け出そうとしたが、素早く飛びかかったドン・ファンが、足首に思い切りかみついた。

エピローグ

「これで失業だわ」

と、さとみが言った。

「いいじゃないの」

と、良子が妹の肩を叩いて、「何をしてでも生きていけるわよ」

「お姉ちゃんはいいけど……。あの会田とかいう人と結婚するんでしょ」

「まだ分らないわよ」

と、良子は苦笑した。


「でも――あのまま北山先生の下にいたら、きっととんでもないこともさせられてたわね」

病院の待合室は、忙しく人が出入りしていた。

「――ご協力どうもありがとう」

と、亜由美が良子に礼を言った。「これで、大澤君の敵を取ってやれました」

「いえ、殿永さんのおかげです」

と、良子は言った。「お力になれて良かったですわ」

「でも――」

と言ったのは、結衣だった。「ちゃんと罪を償ってくれるんでしょうか」

「そうねえ……」

北山は、スタンドを転り落ちたとき、頭を強く打って、意識が混乱しているようだった。

「矢ノ原のことは、殿永さんがしっかり調べるわよ」

と、亜由美が言った。

汐見は傷害の罪で逮捕されていた。そして、しのぶは……。

「こうなって良かったのよね」

と、待合室へやって来て言った。

「しのぶさん、本気で北山先生と?」

と、さとみが訊くと、

「いいえ」

と、しのぶはアッサリ首を振って、「ただ、汐見に当てつけてやりたかっただけ。まさかあんなことするとは思わなかったけど」


あくまで、さめているしのぶだった。

「——ドン・ファン、ありがとう」

結衣はしゃがみ込んで、ドン・ファンの頭をなでた。

ドン・ファンが満足げだったのは、言うまでもない。

「塚川さんにも本当に助けていただいて……」

と、結衣は言った。「滝に落ちたときにも」

「そうね。山田君にお礼を言ってあげて」

と、亜由美は言った。「結衣ちゃん、これからどうするの?」

「もう十六ですもの。一人で生きて行きます」

と、力強く言った。

「——北山さんは、引退の花道を飾れなかったわね」

と、しのぶが言った。

「でも、政治家が自分の名誉のために、あんなスタジアムを建てるなんて、間違ってるわよね」

と、聡子が言った。

「聡子もいいこと言うじゃない」

と、亜由美が聡子をつつく。

「あのスタジアム、何て名前になるのかしら?」

と、さとみが気が付いて言った。「〈北山スタジアム〉ってわけにいかないものね」

「それなら――」

と、結衣が言った。「絶対、これですよ。〈ドン・ファン・スタジアム〉!」

「ワン!」

と、ドン・ファンが嬉しそうにひと声吠えた。

初出「Webジェイ・ノベル」配信
花嫁は三度ベルを鳴らす　'19年5月〜8月
花嫁は滝をのぼる　'19年9月〜'20年1月

花嫁《はなよめ》は三度《さんど》ベルを鳴《な》らす

二〇二〇年二月十日　初版第一刷発行

著　者　赤川次郎《あかがわじろう》
発行者　岩野裕一
発行所　株式会社実業之日本社
〒一〇七-〇〇六二
東京都港区南青山五-四-三〇
CoSTUME NATIONAL Aoyama Complex 2F
TEL　〇三（六八〇九）〇四七三（編集）
〇三（六八〇九）〇四九五（販売）
DTP　ラッシュ
印　刷　大日本印刷株式会社
製　本　大日本印刷株式会社

https://www.j-n.co.jp/

ISBN978-4-408-53752-8（第二文芸）